BEAUFORT SEA
Victoria Island
Baffin Island
Baffin Bay
(U.S.A)
CANADA
Hudson Bay
Gulf of Alaska
UNITED STATES
OF AMERICA
NORTH
PACIFIC
OCEAN
NORTH
ATLANTIC
OCEAN
Gulf of Mexico
ATLANTIC
OCEAN
NORTH
ATLANTIC
OCEAN
MOROCCO
MAURITANIA
MALI
Gulf of Guinea
SOUTH
PACIFIC
OCEAN
SOUTH
ATLANTIC
OCEAN
CHILE

RUSSIA
BERING SEA
KAZAKHSTAN
MONGOLIA
CHINA
JAPAN
PAKISTAN
INDIA
PACIFIC
OCEAN
INDIAN OCEAN
PAPUA NEW GUINEA
NEW ZEALAND

대략난감, '꼰대' 아버지와 지구 한바퀴

대략난감,
'꼰대' 아버지와 지구 한 바퀴

정재인 · 정준일 지음

북레시피

프롤로그 :: 아들

‘꼰대’ 아버지의 황당한 제안

ROTC 포병장교로 전역을 3개월 앞둔 어느 날 걸려온 한 통의 전화. 특별한 일이 없다면 좀처럼 핸드폰 발신자 표시로 뜨지 않는 그 이름, 바로 아버지였다. 혹시 무슨 일이 있는 건 아닌지 내심 걱정이 되었지만 내색하지 않으려고 애써 퉁명스럽게 전화를 받았다. 돌아온 건 아버지의 황당한 제안.

“아들, 아버지 회사 그만두고 세계일주 해보려고 하는데 아들도 전역에 맞추어 함께 가줄 수 있니?” 나는 믿을 수 없어 되물었다. “아버지, 무슨 일 있으세요? 정년이 4년이나 남았는데 무슨 퇴직이세요?” 아버지 왈, “인생은 한 번뿐이고 앞으로 어떻게 될지는 아무도 알 수 없다. 다리가 떨리면 갈 수 없으니 가슴이 떨릴 때, 그것도 누구보다 사랑하는 아들과 함께 여행을 간다면 서로가 무덤까지 가져갈 수 있는 좋은 추억이 되지 않을까?” “그건 맞지만…… 너무 갑작스럽잖아요. 생각할 시간을 좀 주세요.”

전화를 끊고 나는 며칠간 깊은 고민에 빠졌다. 고민의 이유는 두 가지였다. 첫째, 매사에 보수적이고 한번 마음먹으면 절대로 생각을 바꾸지 않는 고집스런 아버지와 고등학교 졸업 이후로는 대화를 나눈 적이 거의 없다. 그런 서먹서먹한 아버지와 긴 시간을 함께 보낼 수 있을까? 둘째, 내 나이 스물여덟, 사실 취업을 바로 해도 빠른 나이는 아니다. 역대 최악의 청년 취업난 속에서 변변한 스펙도 없는 내가 세계일주를 마치고 돌아왔을 때 과연 제대로 된 일자리를 구할 수 있을까? 이래저래 생각해 봐도 무작정 떠나기가 그리 쉽진 않다.

그러던 중, 가까운 대학 후배를 만나 소주 한잔하게 되었는데 후배는 그 자리에서 놀라운 얘길 꺼냈다. 아버지가 돌아가셨다는 거다. 후배의 아버지를 전에 한번 뵌 적이 있는데 그때만 해도 매우 정정해 보이셨기에 그 사실이 더욱 믿기지가 않았다. 내가 군 복무중이어서 걱정 끼칠까봐 소식을 전하지 못했다는 후배의 말에 미안한 마음이 드는 동시에, 나의 고민이 너무나 작고 부끄럽게 여겨졌다.

그래, 나는 아버지와 세계일주를 떠나기로 결심했다. 적어도 살면서 후회할 결정은 하지 말자. 가족을 챙기느라 자신의 모든 것을 희생하고 32년간 일만 하신 아버지를 위해 나도 무언가 해드리자. 늦기 전에 내가 할 수 있는 건 다 해드리자. 아버지가 이런 결정을 내리고 내게 말씀하시기까지는 내가 여행을 결심하기까지보다 훨씬 힘들었을 것이다. 여러 가지 걱정과 고민은 제쳐두고 한번 떠나보자.

그동안 못했던 효도 한번 몰아서 해보자.

좋든 싫든 날 길러주신 하나밖에 없는 아버지다.

다리가 떨릴 때가 아닌 가슴이 떨릴 때 떠나자

58년 개띠, 충청도 제천 산골 마을에서 6남 2녀 중 막내로 태어난 나는 전형적인 베이비붐 세대로 가난한 집안 사정 탓에 뿔뿔이 흩어진 형제들에게 의지하며 유년기를 보냈다. 군 제대 후에는 우리 세대 모두가 그러하듯이 32년간 한 직장에서 근무하며 일과 가족을 위한 것 외엔 그 어떤 것에도 한눈팔지 않고 바쁘게 살아왔다. 덕분에 넉넉하진 않아도 내 집을 마련하고 자식들 대학 교육까지 무사히 마칠 수 있었다. 그런데 주변의 소중한 사람들이 하나 둘 세상을 떠나가면서, 문득 '이렇게 계속 바쁘게 살기만 하다가 죽는 건 아닐까?' 하는 걱정이 밀려온다. 이 나이에 예상치 못한 병마라도 찾아온다면…… 아! 생각만 해도 몸서리가 쳐진다.

생각해보니 나는 지금껏 나만의 꿈을 위해 살았던 적이 없다. 어느 정도 가장으로서 책임을 완수했다는 생각이 들자 이제부터는 조금씩 나를 위한 삶을 살아야겠다고 마음먹게 되었다. 결국, 내가 행복해야 자식들도 행복하지 않을까?

평소 생각만 하고, 가슴에 담고만 있던 세계일주의 꿈을 또다시 미루기엔 나이 들어가는 속도가 점점 빨라짐을 느낀다. 우연히 매일 읽던 조간신문 한쪽에서 발견한 한마디, "나이 들어 다리가 떨리면 아무 데도 못 간다. 그러니 가슴이 떨릴 때 떠나라."는 어느 여행 작가의 말이 자꾸만 가슴속에 파고든다.

하지만, 영어 실력과 해외 경험이 부족한 나 혼자 세계일주를 떠나기는 사실 두렵다. 그래서 좋아할지는 모르겠지만, 이 세상 누구보다 믿을 수 있는 내 핏줄, 지금은 장교로 복무중인 사랑하는 내 아들과 세계일주를 하고 싶다. 곧 제대를 앞둔 아들과 함께 세계일주를 하기 위해서는 정년퇴직이 조금 남았어도 지금 시기에 회사를 그만두는 편이 좋으리라 판단했다. 그래야 아들도 세계일주를 마치고 취업이든, 결혼이든 자신의 인생을 설계하는 데 문제가 없을 것 같다.

하지만, 고민된다. 32년간 몸담았던 회사인데 세계여행을 위해 그만두는 것이 과연 옳은 일인가? 직장을 그만두고 세계일주를 다녀온다 해도 그다음의 노후설계는 어떻게 한단 말인가? 주변의 걱정과 만류에 몇 번이나 퇴직을 망설였다. 2015년 3월, 긴 고민 끝에 세계일주를 떠나기로 결심했고 가족의 동의하에 직장에서 명예퇴직을 신청했다. 고맙게도 아내는 퇴직하는 날 작은 파티를 열어주며 지금까지 가족을 위해서 수고 많았다고, 몸 조심히 다녀오라고 응원해준다.

그래, 한번 떠나보자.

이 세상 그 누구도 내 인생을 대신할 수는 없지 않은가?

차례

프롤로그 004

아들 편

#000 아버지, 저는 당신이 미웠습니다 018
#001 윔블던 테니스 대회와 아버지의 미소 :: 영국 020
#002 아들, 오늘은 뭘 입을까? :: 프랑스 024
#003 아버지의 보호자 :: 스위스 027
#004 절대 변하지 않는 것 :: 이탈리아 030
#005 아버지와 신혼여행 :: 그리스 032
#006 아버지의 등 :: 터키 035
#007 편견에 대하여 :: 러시아 040
#008 맛있는 야경 :: 헝가리 044
#009 제발, 반복되지 말기를 :: 폴란드 046
#010 택시가 벤츠라고? :: 독일 049
#011 나의 이상형 :: 덴마크 051
#012 검은 바다 위 별바다 :: 노르웨이 055
#013 여긴 지구가 아니야 :: 아이슬란드 057
#014 아버지처럼 늙고 싶다 :: 캐나다 063
#015 잭팟 :: 미국 066
#016 테오티우아칸 :: 멕시코 070
#017 완벽한 시간 여행 :: 쿠바 073
#018 미녀와 커피 :: 콜롬비아 076
#019 들어줄 수 없는 소원 :: 페루 078
#020 소금 도둑 :: 볼리비아 082

#021 수억만 개의 물보라 :: 브라질 085
#022 가장 매혹적인 몸짓 :: 아르헨티나 087
#023 분수에 맞는 욕심 :: 칠레 090
#024 푸른 개똥벌레 은하수 :: 뉴질랜드 093
#025 마음의 항구 :: 호주 095
#026 한류스타 정씨 부자 :: 인도네시아 099
#027 아버지와 가장 닮은 나라 :: 싱가포르 101
#028 추억의 가격 :: 말레이시아 103
#029 희망을 붙이다 :: 미얀마 106
#030 아버지와 여행을 하면서 :: 방글라데시 109
#031 내 마음 붉은 파스텔 :: 네팔 112
#032 삶과 죽음의 공존 :: 인도 114
#033 울타리를 벗어나 :: 케냐 119
#034 노예로 살아가지 않기 위해 :: 탄자니아 123
#035 낭만의 감옥 열차 :: 잠비아 125
#036 불효자는 웁니다 :: 짐바브웨 128
#037 해피 뉴 이어 :: 보츠와나 132
#038 인생의 사막 :: 나미비아 135
#039 희망봉에 서서 :: 남아프리카공화국 138
#040 아버지, 우리가 해냈습니다 :: 홍콩 140

아버지 편

#000 아들아, 아버지는 평생 남의 눈치만 보며 살았다 144
#001 인생 제3막 :: 영국 147
#002 남자의 변신은 무죄 :: 프랑스 150
#003 고향을 그리다 :: 스위스 153
#004 아들의 편지 :: 이탈리아 156
#005 마누라가 보고 싶다 :: 그리스 159
#006 우리 부자는 예술가? :: 터키 162
#007 백문이 불여일견 :: 러시아 165
#008 마시자, 한잔의 추억 :: 헝가리 168
#009 소녀의 눈물 :: 폴란드 171
#010 걸어다니는 벤츠 :: 독일 174
#011 미래의 며느리 :: 덴마크 177
#012 복 많은 국민 :: 노르웨이 180
#013 오로라는 어디에 :: 아이슬란드 183
#014 부모님과 함께 왔었더라면 :: 캐나다 187
#015 아프지 마라 :: 미국 191
#016 영원한 숙제 :: 멕시코 194
#017 남자야? 여자야? :: 쿠바 197
#018 세상에서 가장 아름다운 여자 :: 콜롬비아 199
#019 생일 :: 페루 202
#020 원수 같은 부자지간 :: 볼리비아 205

#021 이구아수 폭포 :: 브라질 210
#022 부전자전 :: 아르헨티나 213
#023 탁월한 선택 :: 칠레 217
#024 편지 :: 뉴질랜드 222
#025 일심동체 :: 호주 225
#026 결혼 :: 인도네시아 229
#027 인연 :: 싱가포르 232
#028 침묵의 식사 :: 말레이시아 234
#029 천당을 간다 :: 미얀마 237
#030 위험에 떨다 :: 방글라데시 240
#031 안나푸르나 봉 :: 네팔 242
#032 내 스타일은 아니야 :: 인도 245
#033 여기가 아프리카다 :: 케냐 249
#034 크리스마스가 없다 :: 탄자니아 252
#035 3박 4일 타자라 열차 :: 잠비아 256
#036 듣고 싶은 말 :: 짐바브웨 259
#037 송년회 :: 보츠와나 262
#038 A형 텐트 :: 나미비아 265
#039 희망봉 :: 남아프리카공화국 270
#040 사랑한다, 아들아! :: 홍콩 273

○ 글의 흐름상 아들 편, 아버지 편으로 나누어 구성하였지만
아들과 아버지의 글을 여행지별로 묶어 본다면 같은 순간, 또 다른 부자의 마음을 읽을 수 있습니다.

세계일주 시작

2015. 7. 3.

Greenland
(DENMARK)
Baffin Bay
Davis Strait
Denmark Strait
ICELAND
Hudson Bay
CANADA
Labrador Sea
UNITED STATES
NORTH ATLANTIC OCEAN
MEXICO
Gulf of Mexico
Caribbean Sea
MAURITANI
SENEGAL
GUINEA
VENEZUELA
COLOMBIA
ECUADOR
PERU
BRAZIL
SOUTH PACIFIC OCEAN
BOLIVIA
PARAGUAY
SOUTH ATLANTIC OCEAN
ARGENTINA

아들 편

아버지,
저의 아버지가 되어주셔서
감사합니다

#000

아버지, 저는 당신이 미웠습니다

저는 아버지 당신이 미웠습니다. 어렸을 적 무척이나 엄하셨던 당신의 손찌검에 대한 기억이 떠올랐고, 용기 내어 먼저 손을 내밀면 당신은 언제나 무심히 거절했기 때문이죠.

그래요, 저는 아버지와 멀어지려 했습니다. 어차피 대화는 통하지 않고 늘 본인이 옳다고 믿는 고집스런 태도를 앞세워 나의 이야기를 들어주지 않았기 때문이죠. 매일 바쁘다는 핑계가 가장 듣기 싫었습니다.

그래요, 저는 당신을 부정했습니다. 아버지라는 이유로 내가 마치 당신의 소유물인 것처럼 나의 삶을 당신이 원하는 대로 살게 하려 강요한다고 생각했기 때문이죠. 나는 아버지처럼 살기 싫었습니다.

그렇게 걱정과 불안으로 시작된 우리의 긴 여행에서 당신과 보낸 시간은 나를 무척이나 부끄러운 아들로 만들었습니다.

아버지와의 여행을 마치고 난 지금, 이제는 아들이 아닌 한 남자로서 당신을 조금 이해할 것 같습니다. 의지할 곳 하나 없었던 당신이 그동안 얼마나 외롭고 힘겨웠는지를.

당신과 오랜 시간을 함께하며 난 알게 되었습니다. 당신에게는 이루고 싶은 '꿈'이 있지만 당신만 바라보는 아내와 자식 때문에 가슴에만 꾹꾹 눌러 담고 있었음을. 이제 노년을 바라보는 나이가 되었지만, 그럼에도 여전히 삶은 물음표이며 또 다른 시간이 당신의 가슴을 뛰게 한다는 것을.

그리고 가진 것 없이 가난하게 자랐지만, 자식에게만큼은 더 큰 꿈을 꾸게 해주고 싶었음을. 덧없는 인생에서 스스로에게 가장 떳떳했던 것은 자식들을 남부끄럽지 않게 잘 키워낸 것임을. 보잘 것 없는 나란 존재를 당신은 무엇보다 인생에서 무척 값진 전리품으로 생각하고 있다는 것을, 다만 그것을 표현하지 못하고 있었음을.

이젠 제가 먼저 손 내밀겠습니다.

아버지의 땀과 인생에 부끄럽지 않은 아들이 되겠습니다.

아버지 감사합니다. 그리고 사랑합니다. 아주 많이.

#001

윔블던 테니스 대회와 아버지의 미소

2015. 7. 4.~2015. 7. 7. 영국

우리 부자가 시작한 세계일주의 첫 목적지는 영국의 수도 런던이다. 영국이라는 나라에 특별한 의미를 두었다기보다는 20년 넘게 아마추어 테니스 선수로 활동해오신 아버지의 바람대로, 전 세계에서 가장 전통 있는 '윔블던 테니스 대회'를 직접 관람하기 위해서였다. 사내 테니스 대표로 경기에 출전해 우승까지 경험해본 아버지는 테니스에 대한 애착이 커서 쉬는 날이면 테니스 코트에서 거의 살다시피 하셨다. 나 역시 어렸을 적 아버지를 따라다니며 테니스 라켓 잡는 방법을 배웠던 기억이 난다.

막상 런던으로 날아가긴 했지만 입장권을 미리 예매해두었던 건 아니라서 당일 8시간 동안 긴 줄을 서가며 기다린 끝에 겨우 경기장 입장표를 얻을 수 있었다. 윔블던 테니스 대회를 평생 한 번만이라도 직접 관람해본다면 죽어도 여한이 없겠다며 윔블던~ 윔블던~ 노래를 불렀던 아버지는 막상 테니스 경기장 안으로 들어서려니 긴장이 되는지 결연한 표정을 보이신다. 경

영국 '윔블던 테니스 경기장'에서

기장 안으로 펼쳐진 윔블던의 상징, 잔디 테니스 코트 위에서 땀방울을 튀기며 경기를 펼치는 세계 정상급 선수들의 경기를 실제로 관람하니 온몸에 전율이 인다.

아버지는 경기를 지켜보는 내내 천진난만, 밝은 미소를 지어 보이신다. 문득 아버지의 밝은 미소를 굉장히 오랜만에 보는 것 같아 조금은 씁쓸하기도 했다. 수많은 스포츠 종목 중에서 왜 하필 테니스를 그렇게 좋아하시는지 아버지께 물었다. "아버지, 테니스가 왜 그렇게 좋으세요?" 아버지가 답한다. "테니스를 칠 때만큼은 직장이나 가정에서 쌓였던 걱정과 스트레스가 말끔하게 사라지는 기분이었거든, 재인이 너도 그런 취미 하나 갖고 사는 게 좋을 거야." 한국에 가면 나도 괜찮은 취미거리 하나 만들어봐야겠다는 생각을 하며 다시 테니스 경기 속으로 빠져든다. 경기에 몰입하는 선수들을 보니 아버지의 말이 이해가 되는 것도 같다.

런던의 아름다운 야경을 보기 위해 멈춘 웨스트민스터 브리지. 저녁 9시가 지나서야 뉘엿뉘엿 지기 시작하는 영국의 여름 석양과 아름다운 야경을 오랫동안 지켜본다. 아버지는 아직도 여행을 떠나온 것이 실감 나지 않으시는지 다시 묻는다, "아들, 여기 진짜 런던 맞지? 오늘 우리가 윔블던 테니스 대회를 직접 본 거 맞지?"

"네, 맞아요. 오늘 하루 종일 몇 번이나 물으시는 거예요." 나는 짧게 대답하곤 아버지와 떠나길 참 잘했다고 생각하며 속으로 다짐한다.

이번 세계일주를 하는 동안
당신의 얼굴에서 밝은 미소가
떠나지 않게 만들어드리겠습니다.

영국 런던 '웨스트 민스터', '국회의사당'을 배경으로

#002

아들, 오늘은 뭘 입을까?

2015. 7. 7.~2015. 7. 11. 프랑스

패션의 도시 프랑스 파리. 이른 아침부터 부산하게 움직이는 아버지가 거울 앞에서 묻는다. "아들, 오늘은 뭘 입을까?" 순간 아버지가 너무 귀여워 보인다. 사실 이번 여행 동안 아버지에게 멋진 사진을 많이 남겨드리고 싶어 떠나기 전 복장 검사(?)까지 해가며 아버지가 평소 좋아하시는 '아재 스타일'의 알록달록한 트레이닝복과 등산복 대신 전부 내 취향에 맞는 신세대 패션의 옷으로 준비해 가지고 왔다.

생전 쳐다보지도 않던 알록달록한 무늬 남방과 헌팅캡 모자를 입고 쓰고 하면서 처음엔 많이 쑥스러워하시더니 지금은 꽤 친숙해진 표정이시다. 한국에서는 상상도 못 할 일이라며 본인도 신기한지 연신 거울을 들여다보신다. "이 정도면 나도 파리지앵들에게 꿀리지 않지?"라는 말씀도 서슴지 않으신다. 신기한 건, 전혀 어울릴 것 같지 않던 에펠탑과 아버지의 모습이 의외로 조화로워 보인다는 사실.

프랑스 파리 '에펠탑'

내가 골라드린 옷을 입고 좋아하시는 아버지의 모습을 보니 한편으론 서글프다. 힘들고 어려웠던 시절 가난한 집안에서 태어나 형제들은 뿔뿔이 흩어지고, 좋은 옷을 입기보다는 배고픔을 채우기에 급급했던 아버지. 직장에 다니시면서도 아내와 자식들에게 좋은 옷 한 벌 더 사주려 정작 아버지의 차림새는 전혀 신경 쓰지 않으셨다. 생각해보니 부끄럽게도 아들로서 아버지께 옷 한 벌 해드린 적이 없다. 우뚝 솟은 파리의 에펠탑 앞에서 평소 아버지가 패션 감각도 없는 사람이라고 생각했던 나는 얼굴이 갑자기 화끈거린다.

이젠 제가 그대에게

좋은 것만 입혀드리고, 보여드리고, 또 맛보여드릴게요.

당신이 제게 늘 그래주셨듯이.

#003

아버지의 보호자

2015. 7. 11.~2015. 7. 15. 스위스

충북 제천 산골 마을에서 태어나 자라신 아버지. 친지 하나 없는 타지에서 오랫동안 직장생활을 한 아버지는 언젠가 회사를 그만두면 고향으로 돌아가 조그마한 집 한 채 짓고 조용히 살고 싶다고 입버릇처럼 말씀하셨다. 그래서 그런지 아버지는 고향처럼 맑고 깨끗한 자연환경을 가진 스위스 인터라켄에서 쉽게 발걸음을 돌리지 못하셨다.

융프라우 산악기차 창가 자리에 앉아 바라본 스위스 인터라켄은 맑은 공기와 산, 초록색 계곡과 그림 같은 집 그리고 친절한 사람들이 어우러진 동화 같은 곳이다. 강원도 산골짜기에서 군 복무를 마친 지 얼마 되지 않은 내겐 그리 미련이 남는 곳이 아니지만, 회사와 집밖에 모르던 아버지에겐 가장 이상적인 삶의 공간이 될 것 같다. 반대편 좌석에 앉은 아버지가 묻는다. "한국 가면 시골에 작은 집이나 한 채 짓고 살까?" 내가 답한다. "엄마가 과연 좋아할까요?" 성내는 엄마의 얼굴이 떠오르는지

스위스 인터라켄 '알프스 산'

아버지는 잠시 말을 멈추곤 조용히 속삭이듯 얘기하신다. "역시, 안 되겠지?"

알프스 융프라우 꼭대기에서 눈을 만나 신난 아버지. 뭐가 그리 좋은지 눈을 한 움큼 집어 만지작만지작하신다. 어렸을 때 친구들과 썰매 타고 팽이 돌리며 놀았던 행복한 추억에 잠겨 눈밭 위에 드러누운 채 꼼짝을 안 하신다. 아무 생각 없이 이렇게 새하얀 눈 위에 드러누워본 게 얼마만인지 모르겠다며. 나이 든 '아이'를 모시고 다니는 것 같다는 생각을 하며, 눈을 한 움큼 쥐어 아버지에게 장난스레 던져본다. 아버지가 눈을 받아 맛을 본다. 모든 남자는 나이가 들어도 한 가지 공통점이 있다. 그들의 몸 어느 한 구석에 작은 장난꾸러기가 숨어 살고 있다는 것이다. 아직도 아버지의 마음속 깊은 곳에는 그 옛적 순수한 시골 소년이 살고 있다.

그래요, 여기서는 제가 당신의 보호자입니다.
당신이 작은 체구로 거친 세상에서
지금껏 저를 지켜주셨듯이
이제부터는 제가 당신의 보호자가 되어드릴게요.

#004

절대 변하지 않는 것

2015. 7. 15.~2015. 7. 28. 이탈리아

아름다운 물의 도시 이탈리아 베네치아, 누구보다 길치인 우리 부자는 미로 같은 골목길을 빙글빙글 헤매다 길을 잃고 지쳐 이름 없는 한 허름한 카페에 자리를 잡고 앉았다. 그윽한 카푸치노 향과 수로로 이어진 도시의 경관이 참 잘 어울린다는 생각을 하며 주위를 가만히 둘러본다. 도시 전체가 고대 박물관이라고 할 만큼 수많은 유적지와 유물이 잘 보존되어 있는 이탈리아에선 '변함없는'이라는 표현이 너무나 자연스럽게 사용된다.

과연 변하지 않는 것이 있을까? 궁금증을 떨치지 못하고 아버지께 물었다. "아버지, 세상에 변하지 않는 것이 있다고 생각하세요? 부도, 명예도, 사랑도 모두 변하잖아요. 세상에 변하지 않는 게 있다는 걸 전 믿지 않아요." 아버지는 별거 아니라는 듯, 잠깐 생각하다 무심히 답한다. "네가 내 아들인 것은 변하지 않지!" 순간 머리가 멍해진다. 수천 개의 태양이 반짝이는 운하의 물결을 따라 유유히 떠가는 곤돌라를 바라보며 생각한다.

아…… 그래요.

제 몸에 당신의 피가 흐르고 있다는 사실과

당신의 아들인 것이 자랑스럽다는 마음만큼은

변하지 않을 거예요.

이탈리아 피렌체 '두오모'

#005

아버지와 신혼여행

2015. 7. 28.~2015. 8. 3. 그리스

대한민국 신혼부부들이 웨딩촬영 혹은 신혼여행으로 가장 가고 싶어 하는 여행지 1위, 우리는 지금 그리스 '산토리니 섬'에 와 있다. 하지만 이곳에서 행복해 보이는 사람들과 달리 심하게 더위를 드신 아버지는 지금 병이 나 몸져누우셨다. 아들에게 짐이 되지 않으려 힘들어도 힘들다고 말하지 않던 아버지를 충분히 쉬게 해드리지 못한 탓이다. 이틀간 아버지를 정성스레 돌봐드린 끝에 다행히 아버지의 혈색이 돌아왔다. 여행도 좋지만 무엇보다 건강이 먼저라는 사실을 잊고 있었다.

해안절벽 위 눈부시게 새하얀 건물 벽과 파란 지붕이 인상적인 산토리니 '이아 마을'의 옹기종기 모여 있는 집들이 무척이나 예쁘다. 그 명성답게 어딜 가나 경치 좋은 곳엔 신혼부부들이 넘쳐난다. 그들은 무더운 햇볕 속에 땀을 뻘뻘 흘리며 다시 보지 못할 인생 최고의 아름다운 순간을 사진에 담고자 애쓰고 있다. 나는 누구와 웨딩촬영을 하게 될까? 나와 결혼할 여자가 있기는 할까? 하는 생각을 하다 보니 문득 아버지와 엄마의 연애 시절은 어땠을지, 두 분의 신혼여행은 어땠을지 궁금해진다.

아버지는 엄마와 제주도로 신혼여행을 가셨단다. 하객들이 얼굴도장 찍고 간단히 식사하고 집으로 돌아가는 진부한 결혼식 풍경과는 달리 그 당시에는 결혼식이 끝나면 신랑 측, 신부 측 친구들이 신혼여행 잘 다녀오라며 공항까지 배웅을 나왔단다. 제주도에서 엄마와 함께 보냈던 행복한 시간을 이야기하는 아버지의 눈동자가 그윽하다. 아버지와 엄마에게도 내가 지금껏 알지 못한 그런 로맨틱한 시절이 있었단 말인가.

"그럼 아버지, 지금 엄마 생각 많이 나시겠네요?" 아버지가 단호히 대답하신다. "아니, 30년 가까이 실컷 봤으면 됐지~" 무심한 척하시지만 엄마와 같이 오지 못한 게 못내 아쉬운지 핸드폰 속 엄마 사진을 슬그머니 들여다보신다. 세계에서 가장 아름답다는 산토리니 이아 마을의 석양을 바라보며 아버지는 무슨 생각을 하고 계실까?

그리스 아테네 '파르테논 신전'

그리스 산토리니 '이아 마을'

누군가와 30년을 함께한다는 것,

사랑이든 우정이든 그 자체만으로 대단한 것이 아닐까?

아버지와 어머니의 두 번째 신혼여행은

꼭 이곳 산토리니 섬으로 보내드리리라!

#006

아버지의 등

2015. 8. 3.~2015. 8. 18. 터키

하루 일과 중 힘들었던 순간의 기억을 털어버리는 치유의 시간이 저마다 있다. 맛있는 저녁 식사를 하는 순간이라든가 클래식 음악을 들으며 책을 읽거나 시원한 물줄기를 맞으며 샤워를 하는 순간이 그러할 수 있고, 또 어떤 이에겐 잠들기 전 하루 일을 정리하며 일기를 쓰는 때가 마음을 다스리기에 가장 좋은 시간일 수도 있다.

나에게 있어 하루 중 가장 행복한 시간은 일과를 마치고 따뜻한 물에 몸을 담근 채 반신욕을 즐기는 때이다. 건강을 목적으로 반신욕을 시작하셨던 아버지를 따라다니며 어려서부터 자연스레 온천과 친해졌다. 신기하게도 반신욕을 할 때면 오만 가지 잡념들은 사라지고 정신이 맑고 또렷해져서 독서나 사색을 하기에 너무나도 적합한 상태가 된다. 고민거리를 해소하거나 우울한 기분을 푸는 데 온천만큼 좋은 것이 없다. 그런 점에서 따뜻한 온천수가 사방에서 터져 나오는 터키의 파묵칼레는 우리 부자에게 천국과도 같은 장소다. 여행 중 반신욕의 달콤함을 즐기기 힘들었던 우리 부자는 오랜만에 야외 온천에 몸을 담그며 더없이 행복한 표정을 짓는다. 로마 시대부터 황제와 귀족들이 피부 미용과 건강 관리를 위해 이곳 온천을 자주 찾았다는 사실에 기분 탓인지 금세 피부가 반들반들해지고 혈색이 좋아지는 것만 같다.

터키
파묵칼레 온천

아버지와 오랜만에 탕에 들어가 이런저런 이야기를 나누다 보니 여행 중 쌓였던 피로가 따뜻하고 부드러운 온천물 속에 사르르 녹는다. 어렸을 적, 매주 일요일이면 끌려가다시피 아버지 손에 이끌려 동네 목욕탕에 가서 때를 빡빡 밀렸던 기억이 갑자기 떠올라 피식 웃음이 난다. 그러다 문득 아버지의 작고 야윈 등이 눈에 들어왔다. 그간 가족을 위해 일만 해오신 아버지의 피로와 노고가 고스란히 묻어나는 듯 느껴져 마음이 아프다. 예전엔 저렇게 왜소한 등이 아니었는데, 이젠 나보다도 훨씬 작다. 게다가 말씀은 안 하시지만 외국을 돌아다니며 낯선 기후와 음식에 적응하느라 얼마나 힘이 드실까? 한국에 돌아가면 이제는 내가 아버지를 모시고 목욕탕에 가서 정성스레 등이라도 밀어드려야겠다.

이전까지는 반신욕을 하며

복잡한 기억을 모두 잊고자 하였다.

하지만 아버지와 온천물에 몸을 담그고 있는

지금 이 순간만큼은 결코 잊지 않을 것이다.

FATIH

터키 이스탄불 '성 소피아 성당'

#007

편견에 대하여

2015. 8. 18.~2015. 8. 21. 러시아

무서웠다. 스킨헤드라 불리는 인종차별주의자, 차가운 표정의 사람들, 악당, 공산주의자들 등 각종 편견과 괴담이 러시아를 여행하기 전 우리 부자를 잔뜩 긴장시켰다. 공항철도로 시내 중심까지 이동해서 미리 예약한 호스텔을 찾아다니는데 아무리 찾아 헤매도 우리가 찾는 호스텔은 보이지 않는다. 날은 저물어 가는데 어떻게 해야 하나…… 무거운 배낭을 메고 있는 아버지도 지쳐 보인다. 으스스한 모스크바 밤거리는 차가운 표정의 사람들로 넘쳐난다. 위험한 곳에 아버지를 모시고 온 것은 아닐까, 불안한 마음이 가득 찬다.

하지만 불길한 예감이나 편견과는 반대로 세계일주를 하는 동안 우리 부자에게 가장 친절했던 이들은 바로 러시아 사람들이었다. 아버지와 나를 가족처럼 맞아주고 최선을 다해 모든 호의를 베풀어준 호스텔 주인아주머니, 두리번거리는 낯선 여행객을 친절하게 목적지까지 안내해준 학생, 호기심 어린 미소

러시아 모스크바
호스텔 주인아주머니

로 함께 사진 찍기를 청하는 시민들. 모스크바는 생각보다 마음이 넉넉한 멋진 사람들과 웃음이 넘치는 활기차고 따뜻한 도시였다.

모스크바에서의 마지막 밤, 호스텔에서 따스한 샤워를 마치고 잠이 들기 전 조용히 반성해본다. 지금까지 편견에 사로잡혀 진실을 바로 보지 못한 경우가 얼마나 많았을까? 이런 잘못된 시선은 얼마나 더 나의 생각을 왜곡시킬 것인가. 특정 지역 출신이라서? 나이가 어리다고? 지방 대학을 나와서? 이처럼 상대방을 판단하고 규정짓는 수많은 편견들이 우리 사회 곳곳에 퍼져 있다. 나 또한 지금 이 순간 누군가의 편견에 의해 판단되고 있지는 않을까?

편견 없이 진실을 그대로 바라볼 수 있는 맑은 눈과 지혜, 있는 그대로의 모습을 사랑할 수 있는 용기를 지니고 싶다.

그래도 다행이다.

적어도 이 여행만큼은 기존의 편견을

깨기 위한 우리 부자의

아름다운 첫 도전이기 때문에.

러시아 모스크바 '붉은 광장'

#008

맛있는 야경

2015. 8. 21.~2015. 8. 24. 헝가리

부다페스트의 전경이 한눈에 보이는 겔레르트 언덕 잔디 위 아버지와 나란히 앉아 목 넘김이 끝내주는 헝가리 맥주를 들이켠다. 부다페스트의 환상적인 야경 덕인지 오늘은 안주가 전혀 당기지 않는다. 심장 박동 수가 빨라지고 흥분되는 것이 알코올 기운 때문인지, 부다페스트 밤빛의 향연 때문인지 분간이 가질 않는다. 단언컨대, 부다페스트의 야경은 내 인생 최고의 야경이다.

우리 아버지는 소위 말하는 애주가, 주당이다. 술은 상대방과 진솔한 대화를 나눌 수 있는 소통의 매개체라고 굳게 믿고 계신다. 아버지께 감사한 것은 직장에서 잦은 회식으로 약주를 많이 드시고 집에 들어오셔도 나와 동생에게 전혀 흐트러진 모습을 보여주신 적이 없다는 점이다. 아버지가 술을 아무리 많이 드셔도 바른 자세를 유지하는 데에는 그 나름의 이유가 있었다. 아버지의 기억 속 할아버지는 늘 술을 달고 사시는 분이셨단다. 술을 너무 좋아하는 할아버지 때문에 고생하신 할머니를 보고 아버지는 나중에 자신의 아내와 아이들 앞에서는 절대 술주정이나 실수를 하지 않겠다 다짐했고, 지금까지 잘 지켜오고 계신다. 술로 인해 가정이나 직장, 우정이 파탄 나는 경우가 얼마나 많은가? 유전자 탓인지 아버지의 아들인 나도 다행히 나쁜 주사는 없다. 그 부분은 아버지께 감사한 마음이다.

한동안 말없이 계시는 아버지께 묻는다. "아버지, 맥주 맛 참 좋죠?" 아버지가 답한다. "뭐? 야경이 맛있다고?" 나는 고쳐 말해주려다가 멋진 표현이라는 생각에 그냥 넘어가기로 한다.

그래요, 참 맛있는 야경이네요.

오늘 밤은 날이 새도록 맥주를 마셔도 끄떡없을 것 같아요.

헝가리 부다페스트 '겔레르트 언덕'

제발, 반복되지 말기를

2015. 8. 24.~2015. 8. 27. 폴란드

우리 부자의 아픈 마음과 대비되는 매우 맑고 화창한 날이다. 우리가 도착한 곳은 옛 독일 나치에 의해 무려 400만 명의 무고한 유대인들이 아무 이유 없이 죽어갔던 '아우슈비츠 수용소' 입구. 수용소 입구에는 'ARBEIT MACHT FREI(일하면 자유로워지리라)'라는 문구가 음산하게 걸려 있다. 일은 그들을 자유로워지게 한 것이 아니라 가장 가혹한 고통 속에 세상을 떠나게 했으니 정말 터무니없는 말이 아닐 수 없다.

지금까지도 여전히 음침한 분위기가 감도는 이 수용소에서 가장 끔찍한 공간은 학살된 유대인들의 머리카락을 모아놓은 전시실이다. 가스실에서 학살한 사람들의 머리카락을 수거하여 이곳에 모아두었는데, 이 머리카락들은 당시 직물로 짜이거나 무게당 가격이 매겨져 팔렸다고 한다. 산더미같이 쌓여 있는 머리카락을 보니 온몸에 소름이 돋는다. 신발, 안경, 가방, 아이 젖병 등 유품을 모아놓은 전시실은 학살된 이들이 평범한 시민들이었음을 보여준다. 그들은 군인도, 범죄자도 아니었다. 단지 유대인이라는 이유로 아무런 죄도 없이 학살당한 것이다. 어떻게 인간이 다른 인간에게 이런 만행을 저지를 수 있는지 정말 마음이 아팠다.

문제는 아직까지 특정 종교와 사상, 그리고 정치적 이념이 다르다는 이유로 무고한 사람들이 고통받고 있다는 것이다. 왜 인간은 자신과 다른 생각을 가진 사람들을 이해하고 인정하지 못할까? 이 세상 모든 사람들이 인간다운 대접을 받고, 서로가 가하는 괴롭힘에서 자유로워지는 때가 과연 오긴 할까? 비록 엄

폴란드 '아우슈비츠 수용소'

청난 능력이나 권력을 갖고 있지는 않지만 나는 우리 사회에서 정당한 대우를 받지 못하거나, 소외받는 사람들을 위해 일할 것이다. 그것이 내 인생의 목표다.

아버지와 여행 중 처음으로 한 번도 웃지 못했던 하루.
세상엔 분명 반복되지 말아야 할 역사가 있다.
이렇게 가슴 아픈 역사가 다시는 반복되지 않기를,
타인을 인정하고 사랑할 수 있는 아름다운 세상이 도래하길!

#010

택시가 벤츠라고?

2015. 8. 27.~2015. 8. 31. 독일

"벤츠 한번 타봤으면 좋겠다." 아버지가 늘 입버릇처럼 하셨던 말이다. 중년 남자, 아니 대부분의 남자에게 고급 외제차는 로망인 동시에 자신의 지위를 나타내는 하나의 수단이라고 생각한다. 자동차에 관심이 많은 나 역시 언젠가 돈을 많이 벌어 멋진 차로 드라이브하는 내 모습을 가끔 상상하곤 한다.

질서정연한 독일 베를린의 넓은 차로. 여기저기 보이는 게 고급 외제차 브랜드다. 80퍼센트 이상이 고급 독일 자동차 브랜드인 베를린 택시를 이용하며 아버지는 자신의 꿈을 벌써 여러 차례 이루셨다. 그간의 로망이었던 고급 외제차가 여기선 그저 흔한 택시에 불과하다는 사실에 아버지는 약간 충격을 받으신 것 같다. 여기서 대한민국 자동차를 운전한다면 오히려 훨씬 더 주목받으리란 생각이 든다.

"아버지, 이제 벤츠 타고 싶은 생각 안 드시겠네요?" 하고 묻자 아버지가 답한다. "그래, 벤츠도 별거 아니네!"

분주한 베를린 시내를 거닐며 깨달았다. 내게 평범한 어떤 것이 다른 곳에선 무척이나 특별하고 소중한 대상이 될 수 있다는 것. 익숙해져버린 내 주변 사람들과 존재들을 새롭게 바라보며 더욱더 사랑하고 소중히 여겨야겠다. 그리고 또 한 가지, 그토록 간절히 원하던 것이라도 막상 내 것이 되고 보면 사실 기대했던 만큼 그리 대단한 게 아니라는 걸 알았다.

결과가 아니라
무언가를 이루어가는 과정을
더욱 소중히 생각하는
삶을 살아야겠다.

독일 베를린

#011

나의 이상형

2015. 8. 31.~2015. 9. 3. 덴마크

푸른 바다 위에 떠 있는 그녀는 분명 내 오랜 이상형, '인어공주'님이셨다. 아주 어렸을 때부터 인어공주 동화를 좋아했던 나는 어린 마음에 "어른이 되면 인어공주와 결혼해야지."라며 주변에 떠들고 다니곤 했다. 육지에 있는 왕자를 만나기 위해 자신의 영혼까지 걸었던 이야기로 유명한 인어공주의 고향은 바로 동화작가 안데르센이 태어난 덴마크 코펜하겐이다.

갑자기 어렸을 적 인어공주 그림들을 모았던 기억이 떠올라 나도 모르게 피식 웃고 만다. 옆에 있던 아버지가 내 마음을 읽었는지 "네 마누라가 여기 있네?"라며 농담을 하시길래 내가 가볍게 웃으며 맞장구친다. "그렇네요, 지구 반대편 덴마크에 있을 줄은 몰랐네요!" 말 한마디는커녕 미동조차 없는 그녀였지만 마치 나를 바라보고 있는 듯했고 금방이라도 내게 무슨 이야기를 꺼낼 것만 같았다.

"아버지, 아버지의 이상형은 어떤 여자였어요?"라고 묻자 아버지가 답하신다. "예전에는 얼굴 예쁘고 몸매 좋은 여자가 최고인 줄 알았는데, 살다 보니 중요한 건 외면이 아니라 내면이란 걸 알겠더라. 특히, 다른 사람을 어떻게 대하는지 보면 그 사람의 인격을 알게 된다. 아들, 여자의 외모에 절대 현혹되지 마라." 아버지가 무언가 골똘히 생각하다 말씀하신다. "흠, 이다음에 손주 생기면 이 아비가 다 키워주마. 가정교육은 아무 걱정 마라." 어이구, 일단 결혼할 사람부터 먼저 만들어볼게요!!! 역시 우리 아버지는 김칫국부터 마시는 데 선수다.

성인이 되고 몇 번의 연애를 경험하면서 이상형에 대한 동경은 사라졌다. 나 또한 누군가의 이상형이 되기에 부족할진대 내게 딱 맞는 이상형을 찾는다는 건 욕심이지 않은가. 이상형은 쉽게 만날 수 없기 때문에 더 아련한 것이기도 하려니와. 평생 함께할 누군가가 생긴다면, 그녀를 나의 이상형으로 간주하는 편이 훨씬 더 나으리라.

코펜하겐의 뉘하운 항구에서
덴마크산 칼스버그 맥주를 시원하게 한 모금 넘기며 생각한다.
다음엔 꼭 나만의 인어공주와 다시 와야지.

덴마크 코펜하겐 '인어공주 상'(위), '뉘하운 항구'(아래)

노르웨이 '송네 피오르드'

#012

검은 바다 위 별바다

2015. 9. 4.~2015. 9. 7. 노르웨이

덴마크 코펜하겐에서 노르웨이의 수도 오슬로로 향하는 길, 우리 부자는 난생처음으로 야간 크루즈선에 탑승한다. 우리가 묵을 방에 체크인을 하고 얼마 뒤, 거짓말처럼 거대한 크루즈선이 미동조차 없이 미끄러지듯 바다를 향해 나아가기 시작한다. 크루즈선이 항해를 시작하는 광경을 지켜보며 아버지는 32년간 조선업에 종사했던 자신의 경험과 노하우를 바탕으로 조선업의 역사, 배의 항해 원리 등에 대해 자세하게 설명해주신다. 마치 해양공학과 교수님으로 빙의한 듯 여러 가지 전문가다운 이야기를 해주시는 아버지에게서 그간 몸담았던 직장에 대한 자부심과 연륜이 느껴진다. 미래에 내가 속하게 될 직장도 아버지처럼 평생 애착을 가질 수 있는 멋진 조직이었으면 좋겠다.

우리가 여태껏 이용했던 운송수단 중 가장 큰 크루저란 놈을 이리저리 탐방한다. 크루저 안 모든 시설들을 둘러보려면 하루 가지고는 모자랄 듯하다. 아버지와 나는 바닷바람을 쐬기 위해

배의 갑판으로 나선다. 바다로 떨어지는 아름다운 석양을 보기 위해 갑판에는 이미 많은 사람들이 몰려 있다. 그중 브라질에서 오셨다는 아주머니 무리가 우리에게 관심을 가지기 시작한다. 특히 아버지를 뚫어져라 보며 무슨 말인가를 한다. 아버지는 마치 친구들을 만난 것처럼 다가가서는 "마이 썬~ 트래블~ 아임 해피~" 이러신다. 와! 아버지 영어 실력이 많이 느셨다. 나 없이도 의사소통이 자유롭다. 기어이 사진도 한 장 같이 찍고 만다.

브라질 아주머니의 추파를 즐기고 있는 아버지와 함께 유유히 바다를 가르며 나아가고 있는 이 순간이 너무 행복하다. 어느새 어둑해진 바다 위 밤하늘엔 반짝이는 별바다가 흐른다. 늦은 밤, 바다 위에서 이렇게 별빛을 맞고 있자니 나도 저 별처럼 빛을 발할 수 있겠다는 생각이 든다. 환상적이다.

언젠가 나도 아버지가 되면
아들과 함께 여행하며 아들의 가슴속에
밤하늘의 별처럼 반짝이는 빛을 심어주고 싶다.

#013

여긴 지구가 아니야

2015. 9. 7.~2015. 9. 13. 아이슬란드

이제껏 살아오며 내가 서 있는 곳이 지구가 아닌 다른 행성일수도 있을 거란 의심이 솟은 적이 있던가? 내게 아이슬란드는 그런 생각이 들게 하는 곳이었다. 조그마한 경차 한 대를 빌려 아이슬란드 해안선을 따라 섬 전체를 한 바퀴 도는 링로드 투어에 나섰다. 최대 30미터까지 수직으로 치솟는 '게이시르' 간헐천, 영화 〈인터스텔라〉의 배경지로 유명한 검은 빙하 '스카프타펠', 도로 중간중간 펼쳐지는 드넓은 이끼 지대, 검은 폭포 '데티포스', 푸른 '블루라곤 온천', 아름다운 '비티 분화구' 등 말로는 가히 설명할 수 없는 이 신비한 섬의 비현실적인 자연경관 앞에서 우리 부자는 입이 다물어지지 않는다. 〈스타워즈〉에서나 나올 법한 우주 행성 같은 이곳 아이슬란드에서는 언제 어느 때 외계인을 맞닥뜨려도 놀라울 것 같지 않다. 세계일주를 하면서 가장 많이 감탄을 연발했던 곳도 바로 아이슬란드이다.

아이슬란드 해안선을 한 방향으로 이어주는 1번 도로를 질주

아이슬란드 '블루라곤 온천'(위), '요쿨살롱 빙하'(아래)

하다 좀처럼 보기 힘들다는 쌍무지개가 뜬 것을 발견하고 차를 세운다. 도로 위에 잠시 차를 멈추고 아버지와 함께 무지개를 하염없이 바라본다. 떠나기 전까지만 해도 아이슬란드라는 국가는 내게 너무 생소하기만 했는데, 여길 그냥 지나쳤으면 땅을 치고 후회할 뻔했다. 일상의 고정관념을 깨고 새로운 것을 받아들이기 위한 가장 좋은 방법 중 하나가 '여행'이라고 한다. '아이슬란드 여행'은 내게 강한 충격을 던져주었다. 무언가에 구속되어 있다가 해방된 것 같은 느낌이랄까. 세상엔 어떤 일도 일어날 수 있겠다는 생각이 든다.

아이슬란드를 떠나기 하루 전 마지막 밤, 그 유명한 오로라를 감상하기 위해 7시간 동안 밤을 지새우며 애타게 기다렸지만 끝내 보지 못했다. 그래, 이곳을 다시 오기 위해선 어떤 구실이 필요할 것이다. 오로라를 보러 다음에 꼭 다시 오는 거다.

아이슬란드에서의 특별한 체험은 내 상상의 범위를 넓혀주었고 인생의 어느 순간에 적용될지 모르는 독특한 영감을 주었다.

아이슬란드야 고맙다. 여행아 정말 고마워.

아버지 감사합니다.

아이슬란드 '스카프타펠 빙하'

(DENMARK)
Baffin Bay
Norwegian Sea
Davis Strait
Denmark Strait
ICELAND
Hudson Bay
NORWAY
Labrador Sea
North Sea
GERMANY
FRANCE
ATES
NORTH ATLANTIC OCEAN
SPAIN
ALGERIA
Gulf of Mexico
MAURITANIA
MALI
NIGER
SENEGAL
Caribbean Sea
BURKINA FASO
GUINEA
BENIN
NIGERIA
COTE D'IVOIRE
TOGO
GHANA
VENEZUELA
GUYANA
CAMEROON
COLOMBIA
ECUADOR
GABON
PERU
BRAZIL
BOLIVIA
SOUTH ATLANTIC OCEAN
PARAGUAY
URUGUAY
ARGENTINA

#014

아버지처럼 늙고 싶다

2015. 9. 13.~2015. 9. 20. 캐나다

북유럽을 떠나 드디어 북미 대륙의 첫 국가 캐나다에 도착했다. 캐나다에는 로키산맥을 보러 왔기 때문에 서둘러 로키산맥 투어를 신청했다. 3박 4일의 투어를 통해 느낀 점 하나, 로키산맥은 죽기 전에 꼭 와봐야 한다는 것. 버스에서 내릴 때마다 로키산맥의 웅장함과 아름다움을 담으려 열심히 사진기 셔터를 눌러보지만, 어떤 카메라로도 대 자연을 온전히 담을 수 없음을 새삼 깨닫는다.

캐나다 로키산맥의 3박 4일 투어 일정이 끝나갈 무렵, 세상에서 가장 아름다운 호수라 불리는 루이스 호수에 도착했다. 비가 올 듯 말 듯 몽환적인 날씨를 배경으로 웅장하게 펼쳐진 에메랄드빛 호수의 자태는 모든 사람들을 압도한다. 엘리자베스 여왕의 첫째 딸 이름을 따서 '루이스'라 지었다 하니 이 호수가 옛부터 얼마만큼 사랑을 받아왔는지 짐작이 간다. 이다음에 다시 한 번 루이스 호수를 둘러볼 기회가 생긴다면 그땐 꼭 호수 근처

호텔에서 묵겠다는 생각을 해본다. 물론, 내가 그 정도 돈을 벌 수 있게 된다는 전제하에.

루이스 호수를 바라보고 있자니 문득 어렸을 적 아버지와 밤낚시 갔을 때가 생각난다. 고요한 저수지에서 숨죽인 채 낚싯대와 야광찌를 바라보고 있을 때면 아버지께서 늘 하시던 말씀이 있었다. 저 깊은 호수 속에 식인 괴물이 살기 때문에 움직이지 말고 조용히 있어야 한다고. 나는 그때 그 말을 철석같이 믿었고, 그게 거짓말이라는 것을 안 뒤에도 아직까지 난 호수 주변에 있을 때면 물속에서 무언가 튀어나올까 꺼림칙한 기분을 떨쳐낼 수가 없다. 어릴 때 느꼈던 공포감이 성인이 되어서도 사라지지 않는다는 사실이 신기하고도 무섭다. 나중에 내 아이한텐 쓸데없는 겁은 주지 말아야겠다.

둘레길을 따라 루이스 호수를 한 바퀴 빙 도는데 앞서 걷고 계신 아버지의 손이 무심코 눈에 들어온다. 생각보다 주름이 참 많다. 나도 나이가 들면 저런 손이 되려나? 갑자기 아버지의 손을 잡아주고 싶다는 생각이 들었지만, 아버지와 손을 잡아본 지가 10년도 넘은 데다 남자끼리 새삼스럽게 무슨 손을 잡나 싶어 이내 그만둔다. 대신, 아버지에게 이렇게 제안한다. 아버지, 하이파이브!!

얼떨결에 하이파이브를 하는 아버지. 얼굴엔 환한 미소가 핀다. 조금 걸었더니 후텁지근하다며 아버지가 루이스 호수 물로

캐나다 로키산맥 투어 중 '콜롬비아 아이스필드'

얼굴을 적신다. 캐나다 로키산맥의 정기가 녹아 있는 루이스 호수의 물로 세수를 했으니 10년은 젊어 보일 거란다. 오늘따라 햇빛에 반짝이는 아버지의 얼굴 주름이 아름다워 보인다.

나도 아버지처럼 늙고 싶다.
작지만 묵묵하고 우직하게 세상을 살아가는 그 모습대로.

#015

잭팟

2015. 9. 21.~2015. 10. 3. 미국

밀폐된 공간, 자욱한 담배 연기, 충혈된 눈. 우린 지금 미국 라스베이거스 MGM호텔 카지노장 안이다. 밤인지 낮인지 도무지 구분이 되지 않는 이곳에서 나는 기계처럼 반복하며 슬롯머신을 작동시킨다. 난생처음 카지노에 와본 아버지도 영혼이 나간 표정으로 모니터를 바라보고 계신다. 우리가 투자한 금액의 잔액이 이내 0을 가리킨다. 우리뿐 아니라 모든 사람들이 공장에서 일을 하는 것처럼 한 손엔 알코올음료를 들고, 다른 한 손으로는 슬롯머신을 돌리고 있다.

물론, 나도 여기에 있는 모든 다른 사람들처럼 일확천금을 꿈꿔봤고 로또에 당첨되어 무엇을 할지 고민하는 행복한 상상에 빠져보기도 했다. 로또에 당첨되면 하고 싶은 것 1순위가 세계일주였는데 그건 이미 진행 중이니 이제 무엇을 해야 할까? 좋은 집? 고급 차? 무엇을 가져야 행복해질 수 있을까?

돈이 많으면 행복할까? 재벌 2세라 하는 사람들이 자기 아버지와 함께 세계일주를 해봤다는 소리를 나는 여태껏 한 번도 들어본 적이 없다. 오히려 가족끼리 경영권이나 재산분할과 같은 문제로 서로를 헐뜯고 남보다도 못한 사이가 되는 것을 자주 봤으면 봤지. 그런 면에서, 부족하긴 해도 작은 것에 감사하고 겸손한 마음으로 세상을 살아가는 우리 가족이 더 행복하지 않을까? 나와 우리 가족이 인간으로서 최소한의 존엄을 지킬 수 있을 만큼의 경제적 여유만 있다면 그 이상의 욕심은 부리고 싶지 않다. 물론 그게 쉽진 않겠지만.

눈앞의 카지노 슬롯머신 잔액이
또다시 제로가 되었지만,
아버지와 함께하는 지금 이 순간
내 마음속 슬롯머신은 이미 잭팟이다!

미국 뉴욕 '자유의 여신상'

미국 '그랜드캐니언'

#016

테오티우아칸

2015. 10. 3.~2015. 10. 10. 멕시코

세계에서 피라미드가 가장 많은 나라는 어딜까? 이집트를 생각하는 사람들이 대부분이겠지만, 그곳은 바로 멕시코다. 이집트의 피라미드가 파라오의 무덤이라면, 멕시코의 피라미드들은 신들을 위한 제사장이다. 우리 부자는 멕시코시티에서 50킬로가량 떨어진 신들의 도시, 멕시코 테오티우아칸에서 중남미의 가장 크고 웅장한 피라미드로 알려진 태양의 피라미드를 오른다.

신에게 경외심을 가지라는 의미로 일부러 좁고 가파르게 설계하여 정상까지 오르기 힘들게 만든 옛 멕시코인들의 뜻대로 우리 부자는 가파른 경사의 피라미드를 힘겹게 엉금엉금 기어 정상까지 오른다. 따가운 햇볕에 눈도 제대로 뜨지 못하겠는데, 송골송골 맺힌 땀방울은 계속 눈 속으로 침투한다. 굴러떨어지면 즉사할 거 같은 두려움에 정신을 바짝 차리고 드디어 정상에 올라섰다.

죽은 자와 신들이 만나는 태양의 피라미드 꼭대기에서, 태어나 처음으로 피라미드를 보고 감탄하시는 아버지와 함께 탁 트인 전경을 바라본다. 과거 제물로 바쳐지는 인간을 운반했던 죽은 자들의 길, 인간 제물들의 심장과 피를 바쳤다는 달의 피라미드도 보인다. 공동체의 안녕을 도모하고 신과 가까워지기 위한 이들의 간절한 소망이 담겨 있다고 생각하니 피라미드들이 왠지 모르게 애잔해 보인다.

불현듯, 사람들의 마음속에는 저마다 자신만의 피라미드가 있다는 생각이 든다. 각자 지향하는 바는 다르겠지만 우리는 모두 나름대로의 열정과 노력을 초석 삼아 열심히 자신만의 피라미드를 쌓고 있다. 내 가슴속의 피라미드는 무엇을 위해 쌓아 올려지고 있는가? 어떤 피라미드를 세워야 나중에 후회하지 않을까? 분명한 건 나의 피라미드는 여러 사람의 사랑과 희생을 바탕으로 한다는 것이다.

부끄럽지 않은 나만의 피라미드를

부지런히 쌓아 올려야겠다.

나를 아껴준 모든 사람들의 사랑에

답하기 위해서라도.

멕시코 '테오티우아칸'

#017

완벽한 시간 여행

2015. 10. 10.~2015. 10. 13. 쿠바

분명히 나는 2015년 최첨단 시대에 살고 있다고 생각했는데, 이곳에서만은 예외라는 생각이 든다. 타임머신을 탄 것도 아닌데 금방이라도 쓰러질 듯한 낡고 불안한 건물들 사이로 1950년대식 알록달록한 미제 자동차들이 도로를 활보하고 있다. 하지만 거리 곳곳에선 그 같은 풍경과 어울리지 않는 흥겨운 음악이 흘러나오는 곳, 우리는 바로 쿠바의 수도 '하바나'에 와 있다.

하바나의 거리를 걷는 동안 아버지는 쿠바가 우리나라 60년대보다 발전이 안 된 것 같다며 안타까워하신다. 하긴, 휴대폰 로밍은 물론이려니와 와이파이도 없고 심지어 상점에 먹을 것도 많이 없다. 하아, 소문은 익히 들어 알고 있었지만 이 정도로 개발이 안 됐을 줄이야. 마치 섬 안에 갇힌 느낌이다.

하지만 때로 우리는 변하지 않는 것에 대한 편안함과 안도감을 느낀다. 그래서일까? 많은 여행자들이 쿠바 특유의 매력에 깊이 빠져 처음 계획했던 것보다 훨씬 오래 머물다 간다. 쿠바

에서는 이상하게도 무언가를 서둘러야겠다는 생각이 그리 들지 않는다. 환전을 하기 위해 몇 개 없는 거리의 환전소 앞에서 한 시간이 넘게 기다리고 있지만 그리 답답하지가 않다. 휴대폰 로밍과 와이파이를 사용할 수 없는 환경 덕에 오히려 주변을 더 주의 깊게 살필 수 있고 혼자만의 깊은 시간에 빠질 수 있다. 그만큼 자유를 얻게 되는 것이다.

얼마 전 이루어진 미국과의 국교 정상화로 이젠 쿠바에도 각양각색의 올드카가 사라지고, 낡은 건물들과 거리를 비롯하여 도시 전체에 걸친 재개발이 시작돼 지금과 같은 과거 풍경은 곧 역사 속으로 사라질 거라고 한다. 그러고 보니 변하기 전의 쿠바를 볼 수 있는 마지막 시점에 하바나에 오게 된 건 큰 행운이 아닐 수 없다. 중남미 국가 중 제일 가난하고 가장 오래 고립되었지만 아이러니하게도 치안상태는 안전하다. 이곳에서의 마지막 밤, 쿠바에서만 맛볼 수 있는 오리지널 '모히토'와 흥겨운 쿠바 음악에 취해 생각해본다.

2015년 10월 11일,

아버지와 함께 쿠바의 밤공기를 한껏 들이마신다.

미래에 타임머신을 탄다면 가장 먼저 도착할 곳은

쿠바 하바나가 될 것이다.

쿠바 하바나

#018

미녀와 커피

2015. 10. 14.~2015. 10. 18. 콜롬비아

눈동자가 쉴 새 없이 돌아간다. 역시 나도 남자긴 남자인가 보다. 우리의 첫 남미 여행지이자, 남미에서도 미녀의 도시로 알려진 콜롬비아 '메데진', 소문은 익히 들었지만 이 정도로 미녀가 많을 줄은 몰랐다. 여기 여성들에겐 무슨 특별한 DNA가 있는 건지 의심이 들 정도로 공항에서부터 지나치는 거리거리마다 모든 연령대를 막론하고 인형 같은 미녀들 천지다. "아버지? 여긴 정말 미녀가 많네요, 그렇죠?" 옆에서 조용히 걷는 척(?)하고 계시던 아버지도 내 질문에 조심스레 고개를 끄덕이신다.

여기 사는 남자들은 모두 행운아라는 생각을 하며 메데진에서 2시간 정도 떨어진 구아타페 마을의 알록달록한 예쁜 카페에 들어섰다. 미녀 웨이트리스의 서빙 때문일까? 태어나서 마셨던 커피 중 내 입맛에 가장 잘 맞는 콜롬비아 커피가 특유의 산뜻한 향과 함께 혈관을 따라 온몸을 흐르는 것 같다.

세상에서 가장 큰 바위산이라는 '엘 빼놀'에 올라 아름다운

호수와 섬 전경을 바라보며 아버지께 묻는다. “저는 여기 사람들 기준으로 미남일까요, 추남일까요?” 아버지 왈, “내 아들이니깐 당연히 미남이지.” 나를 칭찬한 듯하지만 결국 본인 자랑, 아버지의 전략적인 노림수다. 뻔한 걸 물어봤다는 생각이 든다.

못생겨도 좋아,
아버지를 닮아 사람들에게 편안함과 친근감을 주면서
약간은 허술해 보이는 지금의 내 모습에 난 만족한다.

콜롬비아 메데진 ‘구아타페 마을’

#019

들어줄 수 없는 소원

2015. 10. 18.~2015. 10. 24. 페루

활기차고 북적거리는 페루의 수도 '리마'를 구석구석 둘러본 후 조금 일찍 숙소로 복귀했다. 오늘 아버지는 59번째 생신을 맞으셨다. 평생 처음으로 낯선 이국땅에서 생신을 맞이한 아버지를 위해 호텔 안 부설 식당에서 작은 케이크와 칵테일로 조촐한 생일 파티를 준비했다. "뭐 이런 걸 다……"라고 말씀은 하시지만 얼굴은 조용히 웃고 계신 아버지. 내가 아버지의 생신을 제대로 챙겨드린 적이 없었구나 싶다. 몰려오는 자괴감을 억누르고 이를 만회하기 위한 심정으로 아버지께 묻는다. "아버지 생신 선물로 가장 받고 싶거나, 하고 싶으신 게 뭐예요? 제가 소원 들어드리겠습니다."

아버지가 답하신다. "돌아가신 할머니가 보고 싶네……." 그윽해지는 아버지의 눈빛에 나는 할 말을 잃는다. 이상하게 생신 때마다 할머니가 생각난다는 아버지. 생일은 본인이 축하받는 날이 아니라 낳아주고 길러주신 부모님께 감사해야 하는 날이

라고 늘 잔소리하셨던 건 그 때문일까. 타지에서 맞는 생일이라 할머니가 더 그리워지신 것 같다.

우리의 조촐한 생일 파티를 눈치 챈 웨이터가 서비스라며 기가 막힌 타이밍에 견과류 음식을 놓아준다. 우연인지 필연인지 나이가 지긋해 보이는 그 웨이터도 59년생이란다. Amigo(친구)라며 잔뜩 분위기를 띄워주신다. 아버지의 얼굴에서 그리움이 조금은 가시는 것 같다. 분위기를 전환하기 위해 엄마와 여동생의 사진을 꺼낸다. “아버지! 그래도 아버지에겐 엄마와 저희들이 있잖아요! 같이 축하합시다!”

며칠 뒤, 구름 위에 펼쳐진 불가사의한 고대 잉카도시 ‘마추픽추’에서 얼마 전 아버지가 생신 때 꺼내신 말이 떠올라 혼자 생각에 잠긴다. ‘나도 언젠가 생일이 행복하기보다, 부모님이 사무치게 그리워지는 날이 올까?’ 상상만으로도 뭔가 씁쓸하고 슬퍼진다. 그래, 부모님이 평생 내 곁을 지켜줄 수는 없겠지.

페루 올란타이탐보 ‘마추픽추행 기차’ 안에서

아버지, 저의 아버지가 되어주셔서 감사합니다.

오래도록 건강하게 우리 가족 곁을 지켜주세요.

앞으로 아버지의 생신만큼은 제가 확실히 챙겨드리겠습니다.

페루 '마추픽추'

#020

소금 도둑

2015. 10. 24.~2015. 10. 27. 볼리비아

소금은 엄마가 맛있게 끓여주셨던 민숭민숭한 곰탕에만 넣는 것인 줄 알았다. 지금 내 앞에 펼쳐진 볼리비아 우유니 사막에는 엄마의 곰탕 수백억 그릇에 덜어 담아도 넘치고 넘칠 소금이 널려 있다. 그것도 끝없는 사막의 형태로!

온통 새하얀 우유니 사막은 하늘을 비추는 소금물 때문에 세상의 거울이라고도 불린다. 바로 그렇기에 우유니 소금사막을 걷다 보면 사막을 걷는 건지 하늘을 걷는 건지 분간이 안 가는 특별한 체험을 할 수 있다. 지프차에 탑승한 지 어느덧 4시간째, 끝없이 달려도 소금이다. 도대체 이 소금사막은 얼마나 큰 걸까? 여기서 길을 잃는다면 정말 다시 돌아오지 못할 것만 같다. 아름답다고 해야 할지, 신기하다고 해야 할지, 말문이 막힌다고 해야 할지, 어떻게 표현해야 할지 모르겠다. 전 세계의 바다가 증발하면 저런 모습이 될까?

온통 하얀 세상을 보니 내가 장교로 복무했던 강원도 산골짜

볼리비아 '우유니 소금사막'

기 화천이 생각난다. 폭설이 내리면 온 세상이 하얘지곤 했던 강원도 화천. 전역한 지도 벌써 넉 달, 갑자기 동고동락했던 전우들이 떠오른다. 다들 잘 지내겠지? 그립긴 해도 폭설 속 제설작업은 다신 하기 싫다.

우유니 사막 투어를 마치고 아버지가 짧은 소감 한마디를 던진다. "오늘 평생 볼 소금 다 봤네?" "그래요, 아버지. 평생 볼 소금 질리게도 봤네요! 왠지 몸이 소독되는 느낌도 드는데요? 소금 좀 가져올걸 그랬어요." 내 말이 떨어지기 무섭게 아버지가 조용히 주머니에 넣은 손을 꺼내신다. 손바닥 위에는 하얀 소금 뭉치가 놓여 있다. 어떤 것이든 일단 챙기고 보는, 그리고 웬만해선 잘 버리지 않는 아버지.

"어이구…… 얼른 버리세요." 들은 체 만 체 아버지는 다시 소금 덩어리를 주머니에 넣으며 말씀하신다. "다~ 쓸데가 있다." 소금 도둑 나셨다.

아버지, 소금만 챙기지 마시고

눈부신 추억들도 잊지 말고 챙기세요.

#021

수억만 개의 물보라

2015. 10. 27.~2015. 11. 1. 브라질

아무것도 보이지 않고 어떤 소리도 들을 수 없다. 온몸은 서서히 젖어간다. 마치 차가운 증기 사우나에 들어온 것만 같다. 안경에 물이 가득 껴 앞이 보이지 않는 아버지는 미아가 될까 두려워 아들을 찾아 헤맨다. 이곳은 세계 3대 폭포 중에서도 최고라 불리는 브라질 '이구아수 폭포'다.

내 머릿속에 존재했던 폭포라는 개념을 완전히 뒤바꿔놓은 이구아수 폭포. 어젯밤에 봤던 쌈바 공연처럼 폭포도 화끈하다. 산사태, 눈사태가 아닌 물사태가 일어나고 있다. 초당 5만 8천 톤의 물을 쏟아낸다는 이곳을 예전부터 원주민들이 경외시했다는 말에 공감이 간다. 깊은 산자락에서 고고한 자태로 떨어지는 우리나라의 폭포와는 성격이 완전히 다른 야수 같은 웅장함이다.

전망대에서 바라본 이구아수 폭포의 전경은 가히 경이롭다는 표현 말고는 달리 떠오르지 않는다. 왠지는 모르겠지만, 스트레스도 확 달아나는 느낌이다. 실제 심리학적으로 떨어지는 폭포

브라질 '이구아수 폭포'

를 바라보고 있으면 스트레스 수치가 낮아진다는데, 근심 걱정 많은 사람들이라면 이구아수 폭포에 꼭 한번 와봐야 할 것 같다.

나야말로 지금 세상에서 가장 걱정 없는 사람이 된 것 같은데 과연 아버지는 어떨지 여쭈어본다. "아버지는 현재 걱정이 뭐예요?" 아버지는 망설임 없이 대답한다. "니들이지. 니들이 부모 돼봐라. 자나 깨나 자식 걱정이다." "제가 뭘 잘못했나요? 그럼 저는 앞으로 자식은 안 낳을래요, 그렇게 걱정덩어리라면요." 투정 어린 나의 대꾸에 아버지는 알 수 없는 미소를 지으며 말씀하신다. "아들, 세상엔 아무리 걱정이 끊이지 않아도 후회하지 않을 일이 있는데 아버지 생각엔 그게 바로 자식을 낳은 일인 것 같아."

부모님 걱정 안 시키는 착한 아들이 될 각오는 되어 있지만
혹시 모르니 이구아수 폭포 영상 좀 찍어갈게요.
만에 하나라도 제가 속 썩이면 실컷 보세요.

#022

가장 매혹적인 몸짓

2015. 10. 31.~2015. 11. 3. 아르헨티나

인간이 몸으로 표현할 수 있는 움직임 중 가장 아름답고 매혹적인 것이 무엇일까? 각자 느끼는 바가 모두 다르겠지만 난 망설이지 않고 아르헨티나의 탱고를 꼽는다.

아르헨티나 부에노스아이레스에서 가장 오래된 카페 중 하나인 'Tritoni', 고풍스런 카페 그 자체도 매력적이지만 이 장소를 더욱 특별하게 만드는 것은 카페 안 소극장에서 매일 열리는 열정적인 탱고 공연이다. 누구보다 뛰어난 음치, 몸치라 자부하는 나이지만 꼭 한번 배워보고 싶다는 열정을 샘솟게 하는 탱고, 지금 눈앞에서 그 공연이 펼쳐지고 있다. 고향을 떠나 고되고 힘든 삶을 살아갔던 항구도시 이민자들의 고국에 대한 그리움과 애절한 감정이 고스란히 녹아 있는 네 다리 사이의 예술. 귓가에 착 달라붙는 음악과 매혹적인 남녀의 춤사위에 나도 모르게 정신이 혼미해진다. 두 남녀가 만들어내는 강렬한 사랑과 열정의 에너지가 격렬한 몸짓의 춤으로 표현될 수 있다

아르헨티나 부에노스아이레스 '토리토니 카페 탱고쇼'

는 게 인상 깊었다.

후에 내가 결혼을 하게 된다면 꼭 아내와 함께 탱고 춤을 배우겠다고 다짐하면서 아버지께도 조심스레 권유한다. "아버지, 엄마랑 같이 탱고 한번 배워보시죠?" 아버지께서 말씀하신다. "나는 네 엄마를 들 자신이 없구나."

"아…… 엄마가 열심히 살을 빼셔야겠네요. 아니, 아버지가 근력을 키우는 게 더 빠르시려나?"

그래도 나는 안다.

꼭 화려하고 매혹적인 몸짓은 아니더라도

아버지와 엄마는 평생의 파트너로서

인생의 탱고를 추고 계시다는 것을.

아! 탱고 같은 사랑을 하고 싶은 밤이다.

아르헨티나 부에노스아이레스 '라 보까'

#023

분수에 맞는 욕심

2015. 11. 3.~2015. 11. 9. 칠레

누구에게나 한 군데쯤은 꼭 가보고 싶은 로망의 여행지가 있을 거라 생각한다. 내겐 칠레 '이스터 섬'이 바로 그런 곳이었다. 세계 불가사의 중 하나인 칠레판 돌하르방 '모아이 석상'과 아름다운 해변을 가진 매력적인 이스터 섬, 칠레 본토에서 비행기로 6시간이나 떨어져 있는 태평양의 이 외딴 섬에 드디어 발을 들여놓는 감격을 누렸다. 그것도 아버지와 함께.

모아이 석상을 처음 맞닥뜨렸던 순간을 잊지 못한다. 책과 영상으로만 보았던 웅장한 석상들, 일렬로 서 있는 '아우 통가리키'를 보았을 때 그 감동이란, 이제 더 이상 가볼 만한 세계여행은 없을 것 같다는 생각이 들 정도다. 해변이든 깊은 산속이든 들판이든, 모아이 석상은 이스터 섬 어딜 가든 만날 수 있었다.

수많은 관광객들을 끌어모으는 이 모아이 석상들은 사실 섬 원주민들을 가난하고 피폐하고 타락하게 만든 아픈 역사를 지니고 있다. 부족 간의 경쟁적인 모아이 석상 축조는 산림 파괴

칠레 이스터 섬 '라노카우 분화구'(위), '모아이 석상'(아래)

와 토지 황무지화를 가속화해 사회 시스템과 주민들의 삶을 빠르게 붕괴시켰다. 이스터 섬과 모아이 석상을 연구한 어떤 학자는 '이 섬의 역사를 연구하면 할수록 모아이 석상을 증오하게 된다'고 했을 정도다.

이런 역사를 생각하며 모아이 석상을 바라보니 인간의 욕심이란 참으로 끝이 없다는 생각이 들었다. '이깟 돌덩어리가 뭐라고……' 남의 떡이 더 크게 보인다고, 자신이 누리고 있는 것에 만족하지 못하고 끝없는 욕심을 추구하는 인간들, 모아이 석상은 그런 인간들의 본성을 그대로 투영한 결과가 아닌가. 욕심이 적지 않은 나 자신이 갑자기 부끄러워진다.

그러면서 한편으론 모아이 석상에 빌어본다.

분수에 맞지 않는 욕심과 야망으로
주변 사람들을 불행하게 하는
어리석은 사람이 되지 않게 해주시길,
자신이 가진 것에 늘 만족하고
감사할 줄 아는 사람이 되게 해주시길.

#024

푸른 개똥벌레 은하수

2015. 11. 11.~2015. 11. 15. 뉴질랜드

밤하늘을 촘촘하게 뒤덮고 있는 별을 보면 누구라도 아름답다는 생각이 들기 마련이다. 그런데, 그 빛의 근원이 하늘의 별이 아니라 에메랄드빛으로 반짝이는 수천 마리의 개똥벌레라면? 판타지 영화에나 나올 듯한 기이한 광경이 뉴질랜드의 북섬 '와이토모 동굴'에서 펼쳐진다.

개똥벌레 은하수를 직접 확인하기 위해 반신반의하며 와이토모 동굴에 들어선다. 작은 나룻배를 타고 들어선 동굴의 적막한 내부, 얼마 지나지 않아 암흑 같은 동굴 속에서 에메랄드빛으로 반짝이는 개똥벌레들이 천장을 가득 채우고 있는 놀라운 광경을 마주한다. 빛과 소리에 민감한 개똥벌레를 자극하지 말라며 안내원이 주의를 주지만 어쩔 수 없이 튀어나오는 감탄을 마음대로 제어할 수가 없다. 보석이 박힌 듯 아름다운 광경, 와이토모 동굴의 자그마한 개똥벌레 불빛들은 평생 잊히지 않을 만큼 가슴속에 깊이 새겨졌다. 아버지께서도 말씀하신다. "정말 살다

보니 별걸 다 보네." 그러면서 앞으로 밤하늘의 별을 보면 지금 이 순간이 꼭 생각날 것 같다고 하신다.

이 시기 개똥벌레들은 이성의 관심을 끌고자 더욱 강한 불빛을 발산한다는데, 사람도 타인의 마음을 끌기 위해 빛을 낼 수 있다면 어떨까? 과연 나의 매력 지수는 어느 정도의 빛으로 발산될까??

모든 사람에게는 아니더라도
주변의 소중한 사람들에게만큼
아름다운 빛을 발하는 그런 사람이 되고 싶다.

뉴질랜드 '로토루아'

#025

마음의 항구

2015. 11. 15.~2015. 11. 19. 호주

각자의 사연을 실은 배들이 떠나고 돌아오고, 숱한 만남과 이별이 반복되는 그곳, 새로운 외래문화를 맞이하는 창구, 나는 확 트인 바다가 보이는 항구도시를 좋아한다. 매일 수많은 사람들이 머물렀다 떠나기에 지루할 틈 없이 활기찬 항구. 특히, 세계 3대 미항 중 하나로 꼽히는 호주의 아름다운 미항 시드니는 정처 없이 해안가를 따라 거닐기만 해도 마음이 행복해지는 그런 곳이었다.

시드니를 떠나기 전 오페라 하우스 근처 노천 바에 앉아 아름다운 야경을 조성해주는 오페라 하우스와 허버 브리지, 크루즈선을 바라보는데 갑자기 집 생각이 났다. 말이 좋아 여행자지 사실 우린 정처 없이 방황하는 떠돌이 같다는 생각이 들었다. 매일 무거운 배낭을 짊어지고 걷느라 두 발바닥은 물집으로 가득하고, 시도 때도 없이 바뀌는 기후에 피부는 거칠어지고, 입맛에 맞는 음식도 찾기 힘들어 아무리 먹어도 배가 고프다.

아…… 가족, 친구들이 너무나 도 보고 싶다. 딱 3일 정도 만 한국에 있으면서 먹고 싶은 음식 잔뜩 먹고, 보고 싶은 사람들 다 만나면 소 원이 없겠다. 거리의 웃고 떠 드는 사람들을 보니 마음이 더 허해지는 느낌이다.

호주 '코알라 파크'

아버지가 어떻게 내 맘을 들여다보셨는지 물으신다. "아들, 배 보니까 집에 가고 싶나?" "좀 그렇네요." 내 대답에 아버지가 잠시 생각하다 말씀하신다. "그래, 아버지도 오늘따라 한국이 너무 가고 싶네." 한국에 돌아가면 엄마가 끓여준 된장찌개만 배 터지도록 드시고 싶다는 아버지.

세계일주 136일째,

이별의 애틋함과 만남의 기쁨이 넘치는 시드니 항에서

우리 부자는 둘 다 향수병을 앓고 있다.

하지만 그 못지않게 여행자 면역력과

서로에 대한 신뢰 또한 쌓여가고 있다.

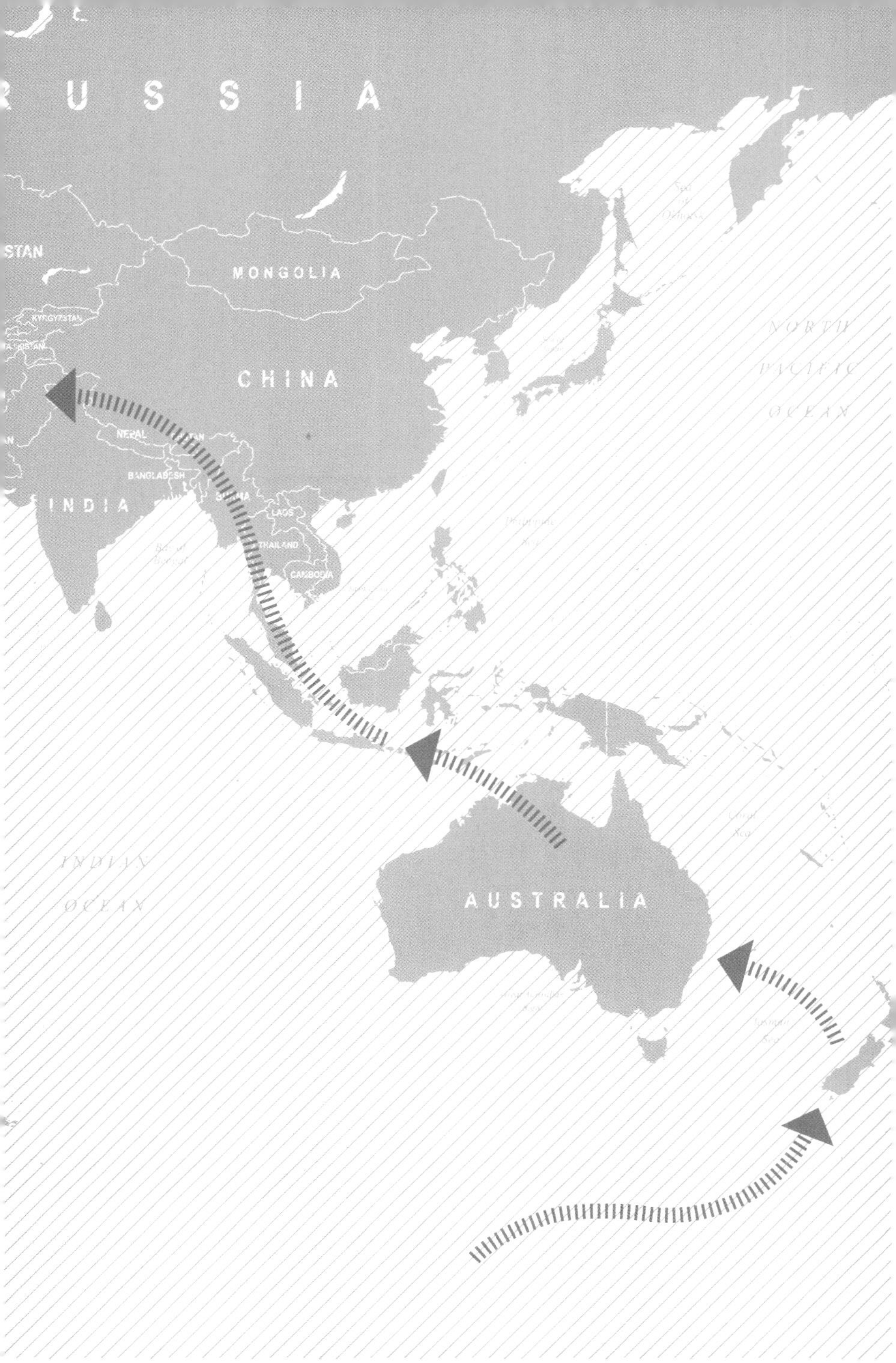
RUSSIA
STAN
MONGOLIA
KYRGYZSTAN
CHINA
NEPAL
BANGLADESH
BURMA
INDIA
LAOS
THAILAND
CAMBODIA
NORTH PACIFIC OCEAN
INDIAN OCEAN
AUSTRALIA

인도네시아 족자카르타 '프람바난 사원'

#026

한류스타 정씨 부자

2015. 11. 19.~2015. 11. 22. 인도네시아

인도네시아 족자카르타에 위치한 세계에서 가장 큰 불교사원 유적 '보루보두르 사원' 앞에선 기이한 일이 일어나고 있다. 수십 명의 인도네시아 소녀들에게 둘러싸인 두 사람이 있었으니 그건 바로 아버지와 나. 유럽, 북미, 중남미, 오세아니아를 지나 도착한 동남아시아의 첫 관문 인도네시아. 어딜 가든 우린 주목받고 있다. 여기저기서 쏟아지는 사진 요청이 처음엔 부담스러웠지만, 시간이 지나자 연예인이 된 것마냥 그걸 즐기고 있는 우리 부자. 무덥게 내리쬐는 태양 아래, 땀은 비 오듯 쏟아져도 대한민국을 대표하는(?) 부자라는 소명을 가지고 그들을 만족시키기 위해 열과 성을 다한다. 실제 연예인들은 참 힘들겠다는 생각이 든다. 한류 열풍이란 말만 들었지 이 정도일 줄은 몰랐다.

사실 여행을 하면서 새롭게 느낀 점은 글로벌 무대에서 내 조국 대한민국에 대한 외국인들의 인식이 상당히 좋다는 것이었

다. 한국은 굉장히 발전된 인프라와 좋은 사람들이 살고 있는, 꼭 여행해보고 싶은 나라라는 말을 많이 들었다. 대한민국을 떠나면 모두 애국자가 된다더니, 떠나기 전엔 몰랐는데 해외에 나오고 보니 우리나라의 좋은 점이 많이 보인다. 대한민국은 어떤 면에서든 다른 나라와 비교해도 절대 꿀리지 않는다. 여행자로서 우리 부자의 최고 스펙은 '대한민국 국민'이다. 우리의 배낭에 소중히 달아놓은 태극기가 오늘따라 더욱 자랑스럽다. 여행 중 아버지와 나는 조국의 명예를 실추시키지 않기 위해 정말 최선을 다했다.

인도네시아 족자카르타 공항에서 싱가포르행 비행기를 기다리며 문득 생각해본다. 지금까지 거쳐오며 만났던 사람들에게 우리 부자는, 우리나라는 어떤 모습으로 기억될까? 그리고 나는 어떤 모습으로 기억되기를 바라는가?

미소가 멋진 아버지와 아들이 살고 있는 나라,
한 번쯤 그들도 자신의 아들과 혹은 아버지와 함께
방문하고 싶은 나라로 기억되기를.

#027

아버지와 가장 닮은 나라

2015. 11. 22.~2015. 11. 24. 싱가포르

깔끔한 도시와 청결한 거리, 세계에서 가장 질서 의식이 높은 나라. 국가 경쟁력 1위인 싱가포르는 아버지와 너무나도 닮았다는 생각이 드는 나라다. 작은 체구지만 속은 강한 사람, 불결함을 극도로 싫어하고 청결과 질서를 최우선시하는 사람, 매사에 꼼꼼하고 세심한 사람, 보통 집과 다르게 아내보다 청소와 설거지를 더 잘하는 사람. 다름 아닌 우리 아버지다.

사실 나와 정반대인 아버지의 성격 탓에 사춘기 때도, 여행 중에도 사소한 갈등들이 많이 생겼다. 왜 다 큰 아들에게 이 닦아라, 손톱 깎아라, 잔소리신지. 어차피 내일 떠날 거, 왜 그렇게 숙소를 정리해야 하는지. 고장 나고 없어지면 다시 사면 될 텐데 뭘 그렇게 사소한 것 하나하나 다 챙기고 신경 쓰시는지…… 가끔 사내대장부처럼 호탕하지 못한 아버지가 못마땅하기도 했다.

그래도 돌이켜보면 아버지는 내 최고의 여행 파트너였다. 매

사 신중하고 꼼꼼한 아버지 덕에 잃어버릴 뻔한 물건을 챙기게 되고, 더 몸에 좋고 신선한 음식을 먹고 청결한 숙소에 묵게 된다. 작은 상처가 생겨도 아버지의 세심한 치료 덕에 빨리 낫는다. 상대방을 먼저 생각하는 아버지의 세심한 배려는 주변 사람들을 모두 감동시킨다. 무엇보다 아버지는 나와 내 여동생을 알뜰히 보살펴 지금까지 심한 충치 하나 없고, 피부병 한번 걸리는 일 없이 길렀음을 늘 자랑스러워하신다.

싱가포르 '멜라이언 파크'

내 속마음이 읽혔는지 아버지가 말씀하신다. "와~ 재인아, 싱가포르는 정말 살기 좋은 나라 같다. 딱 아버지 맘에 드는걸?" 아이고, 인간적인 정이라곤 찾아볼 수 없는 싱가포르의 엄격한 법 때문에 언제 어느 때 벌금을 내야 하게 될지 몰라 난 숨 막혀 죽을 것 같은데, 잔소리꾼 아버지에겐 유토피아 같은 곳이다.

취향이나 생각하는 바가 달라 때론 부딪치더라도
서로 믿고 의지하며 부족함을 채워갈 수 있는 아버지와 같은
최고의 멋진 여행 파트너가 또 어디 있겠는가.

#028

추억의 가격

2015. 11. 24.~2015. 11. 26. 말레이시아

세계일주 중 우리 부자가 가장 많은 시간을 쏟는 장소가 있다. 역사적 배경을 알지 못해도, 깊은 지식 따위가 없어도 역동적이며 진솔한 삶을 체험할 수 있는 곳, 바로 세계 어디서나 찾아볼 수 있는 '재래시장'이다.

한국에서 볼 수 없는 기이한 과일과 채소, 물건들을 놓고 여기저기서 고래고래 소리를 지르며 손님들의 시선을 끌려 노력한다. 물건을 살펴보다 그냥 가는 사람들을 붙잡고, 손가락으로 숫자를 세며 흥정하다가 결국 서로 못 이기는 척 거래가 성사된다. 그런 모습을 보고 있자면 사람 사는 곳은 인종이나 언어를 떠나 어디나 다 똑같다는 생각이 든다. 비록 말은 통하지 않아도 그들이 전달하고자 하는 뜻은 이해가 된다. 여기 오세요! 저희 가게 좋아요! 싸게 드릴게요, 이 가격 밑으론 못 드려요, 잠시만요, 가지 마세요 등등 굳이 현지어를 알지 못해도 해석할 수 있을 것 같다.

이런 재래시장에서 우리 부자는 아주 인기가 좋다. 바로 글로벌 시장계의 호갱(?)이기 때문이다. 물건을 살 때면 아버지의 너그러워 보이는 인상 때문인지, 흥정을 잘 못하고 쭈뼛쭈뼛하는 외국인이라 그런지, 늘 두 배 세 배 바가지를 쓰기 십상이다. 오늘도 여기저기 시장판을 돌아다니며 여러 사람에게 붙잡히다 결국 아버지 가방을 하나 구매했다. 놀랄 만큼 싼 가격에 사서 이번엔 성공했다 흡족해하며 코코넛 열매를 마시고 있었다. 멀리서 보니, 우리가 샀던 가방은 현지인에게 반의반 가격에 팔리고 있다. 아, 또 당했구나.

쿠알라룸푸르 수산물시장 거리에서 유명한 칠리새우를 먹으며 내가 분함을 토한다. "아…… 아버지, 오늘도 이렇게 당하네요, 이제 앞으로 좀 꼼꼼하게 가격을 따져봐야겠어요, 흥정도 제대로 하고요." 아버지가 말씀하신다. "뭐 어때, 잘 쓰면 되지, 우린 가방이 아니라 추억을 산 거야."

캬! 명언이다. 추억엔 가격표가 없다.

말레이시아 쿠알라룸푸르 '중앙시장'

#029

희망을 붙이다

2015. 11. 26.~2015. 11. 29. 미얀마

눈이 부시다, 온 사방천지가 황금빛으로 반짝거린다. 여기는 천불천탑, 황금의 나라라고 불리는 미얀마의 수도 양곤에 위치한 쉐다곤 파고다(불탑). 미얀마의 자존심이라고도 불리는 쉐다곤 파고다는 인도에서 가져온 석가모니의 머리카락을 묻은 언덕에 쌓아올린, 지구상에 현존하는 가장 화려한 파고다이다.

파고다에 입장하니 사람들이 얇은 금박지를 팔고 있다. 알고 보니 그 금박지를 파고다 외벽에 붙이면 복을 받는다고 한다. 아버지와 나도 현지인들처럼 소원을 담아 금박지를 예쁘게 붙여본다. 이렇게 얇은 금박지가 저 정도 두께의 금벽으로 변했다니, 도대체 얼마나 많은 사람들이 얼마나 많은 금을 붙였을까…… 대단했다.

뜨거운 태양 볕에 달구어진 바닥 위에서 맨발로 물고기처럼 파닥파닥 뛰다가 불상이 드리운 그늘을 찾아 땀을 식히며 사원 전경을 바라본다. 보석과 황금으로 뒤덮인 이 불교유적지에서

미얀마 양곤 '쉐다곤 파고다'

기도를 드리는 현지인들의 모습이 자못 경건하다. 우리나라의 절 방식과 달리, 온몸을 땅에 붙여 절하는 오체투지를 한다.

욕심을 버리라고 가르치는 불교의 성지에서 반짝거리는 황금과 다이아몬드를 보니 오히려 욕심이 수십만 배 증폭된다. 저 금들을 다 긁어가고 싶다는 생각이 든다. 난 보살이 되려면 아직도 멀었나 보다. 불상의 눈이 날 노려보는 것만 같다.

아버지 옆구리를 살짝 찌르며 "아버지, 우리 사원에 있는 금 좀 떼갈까요?" 했더니 아버지 왈, "저건 금이 아니라, 여기 사람들의 희망이다. 못된 생각 하지 마라."

미얀마 양곤 '쉐다곤 파고다'

그래, 희망을 뗄 수는 없지.

아버지와 내가 붙인 희망도 고이고이 잘 붙어 있기를.

다시 이곳을 찾았을 땐

그 위에 더 많은 희망들이 덧붙여지기를.

#030

아버지와 여행을 하면서

2015. 11. 29.~2015. 12. 1. 방글라데시

방글라데시의 수도 다카 대사관에서 외출 자제 문자를 보내왔다. 그렇지 않아도 요즘 IS의 테러로 지구촌이 떠들썩한 가운데 방글라데시 곳곳에서 외국인을 표적으로 테러가 자행되고 있어 아버지와 공포에 떨면서 호텔 숙소에 꼼짝 않고 갇혀 있다. 그 틈에 지금까지 아버지와 여행하면서 느꼈던 점을 적어본다.

1. 사실 누구와 함께라도 24시간 늘 붙어 있기란 힘들다. 세상에서 가장 가깝고도 먼 아버지와의 여행 또한 그리 쉽지 않다. 아버지 눈에 난 언제나 잔소리하며 일일이 챙겨주어야 하는 어린아이일 뿐이고, 그 잔소리에 난 아직도 사춘기 소년처럼 반항적으로 대할 때가 한 번씩 있다. 또 남자 둘이라 자존심을 세워 각을 세우기도 하지만 이겨도 진 것 같은 느낌이 드는 게 바로 아버지와의 다툼이다. 그럴 때면, 매일 밤 아버지의 여행 일기를 읽고 '내가 더 잘해드려야지' 하며 마음을 다잡는다.

2. 아버지는 생각보다 세상 물정에 대해 너무 모르신다. 세대 차이도 있지만 30년 넘게 오로지 가족을 위해 일만 하신 분이라 당연히 알 것 같은 것도 잘 모르실 때가 많다. 그럴 때면 그동안 어디에도 한눈팔지 않고 가족을 위해 헌신하신 아버지께 감사한 마음과 애처로운 마음이 동시에 인다. 한국에 돌아가면 뭐든 하나하나 차근차근 잘 설명해드려야겠다고 다짐한다.

3. 아버지는 가끔 아이 같다. 많은 사람들이 줄지어 늘어서서 조금이라도 더 가까이 보려고 애쓰는 세계적인 문화유산이나 유적지보다 길가에 핀 작은 꽃, 나무 많은 산, 닭과 병아리, 소 같은 사소한 것들을 좋아하신다. 사실 아버지는 세계일주라는 거창한 계획보다 치열하고 고달팠던 그간의 바쁜 일상에서 그저 멀리 벗어나고 싶으셨던 것일지도 모른다.

4. 아버지는 옛 시절을 자주 회상하시는데, 특히 돌아가신 할머니를 몹시 그리워하신다. 어렵던 시절을 힘들게 버티며 스스로 이룩한 모든 것들에 감사하지만 먹고사는 데 바빠 중요한 것들을 많이 놓치며 지내왔다고 말씀하신다. 무엇보다 할머니께 더 잘해드리지 못한 것이 가장 큰 후회로 남는다고 하신다.

5. 아버지는 요즘 건강에 가장 관심이 많다. 아픈 것도 두렵

지만 자신이 큰 병이라도 걸린다면 가족들에게 부담과 짐이 되지 않을까 그게 더욱 두렵다고 하신다. 천하를 얻어도 건강을 잃으면 모든 게 소용없다는 것을 주변 사람들을 보며 많이 느끼신다며.

말이 없으신 우리 아버지는
아들과 여행하면서 무슨 생각을 하고 계실까?

#031

내 마음 붉은 파스텔

2015. 12. 1.~2015. 12. 6. 네팔

숨 막히는 추위, 거친 숨결에서 흘러나온 하얀 입김이 생겼다 사라지길 반복한다. 30분쯤 기다렸을까, 새벽을 가르고 드디어 강렬한 붉은빛 태양이 힘차게 떠오른다. 만년설로 뒤덮인 안나푸르나와 히말라야 산맥들이 어느새 눈부시게 아름다운 태양빛으로 붉게 물든다. 12월 4일, 네팔 히말라야 트레킹 거점 오스트레일리안 캠프.

고단한 트레킹으로 인한 피로도, 그간 힘들었던 기억도, 미래에 대한 걱정도 녹아내린다. 형언할 수 없는 아름다운 광경에 경외감을 느낀다. 일출을 처음 보기라도 하는 사람처럼 우리 부자는 바닥에 털썩 주저앉아 넋 놓고 태양을 바라본다. 나도 모르게 가슴속에선 희망과 자신감 같은 것이 솟구쳐 오른다.

지금까지 아버지와 함께 일출을 본 적이 한 번도 없었던 것 같다. 하긴 특별한 일이 아니면 해 뜨기 전 출근하셨다가 해가 지고도 한참 뒤에야 퇴근하시곤 했으니 그럴 수밖에. 퇴직하신 아버지의 새로운 인생을 위해 축하 선물을 드리고 싶었는데, 마침 밝고 힘차게 떠오르는 저 태양이 제격이라는 생각이 들었다. 아버지께 말했다. "아버지, 지금 떠오르는 저 태양이 아버지께 드리는 제 선물이에요, 멋지죠?!" 아버지가 짧게 답해준다. "고맙다." 그런데 예상치 못한 일이 벌어진다. 아버지가 갑자기 눈물을 보이시는 것이다. 어? 내가 생각했던 건 이런 게 아닌데. 내 손을 꼭 잡는 아버지의 손을 뿌리치기가 힘들다. 내가 아버지를 달래드려야 하는 상황이 참 어색하다. 그래, 살면서 아버지도 울고 싶을 때가 왜 없었겠는가.

네팔 포카라
히말라야 '오스트레일리안 캠프'

떠오르는 저 태양처럼 아버지와 나의 앞날도
뜨거운 희망이 치솟기를.
네팔의 새벽하늘을 물들이는 붉은 태양이
새로운 인생을 시작하는 우리 아버지의 가슴을
다시 뜨겁게 불타오르도록 해주길.

#032

삶과 죽음의 공존

2015. 12. 6.~2015. 12. 13. 인도

아직은 어려서일까? 난 여태껏 단 한 번도 내가 죽는다는 생각을 안 해봤다. 하지만 인도 힌두교의 성지 갠지스 강 옆 마니카르니카 가트 화장터에서 수십 구의 시체가 화장되는 모습을 몇 시간째 바라보고 있자니 문득 죽음이란 무엇인지, 나에게 죽음은 어떤 의미인지, 하는 형이상학적인 생각들이 자연스레 꼬리를 문다.

누군가는 이 세상을 살아가는 모두에게 가장 공평한 것이 '시간'과 '죽음'이라고 했다. 부유하든 가난하든, 잘생기고 못생기건, 누구에게나 공평하게 하루 24시간이 주어진다. 그 시간으로 이루어진 우리 모두의 삶은 결국 종착점인 죽음에 이르게 된다, 누구도 피할 수 없는 일이다. 더 두려운 것은, 이 죽음이란 것이 언제 어디서 불현듯 찾아올지 모른다는 것.

가트의 공터에서 장작불 위 시신들이 불에 타 한 줌의 재가 돼버리는 광경을 지켜보며, 과연 저들은 어떤 삶을 살았을까,

행복한 죽음을 맞이했을까 등등 삶과 죽음에 대해 생각해보았다. 아직은 죽음에 대해 생각하기조차 두렵지만, 언젠간 내게도 죽음이 오리라. 내가 만약 생의 마지막 순간에 무엇인가를 후회한다면, 그것은 헛된 근심과 걱정으로 현재에 충실하지 못하고, 즐기지 못한 기억일 것이다. 시체 타는 연기에 눈가가 따가워지고 눈물이 흐르는 것을 견디다 못해 자리를 뜬다.

바라나시에서의 마지막 날, 매일 밤 힌두교 신에게 제를 올리는 아르티 뿌자 의식을 멍하니 바라보고 있으려니 예전 법정 스님의 책에서 읽은 글귀가 생각난다.

"죽음이 두렵다면 삶에 소홀했기 때문이다."

인도 '아그라로 향하는 휴게소'에서

인도 아그라 '타지마할'

Norwegian Sea
SWEDEN
FINLAND
NORWAY
RUSSIA
North Sea
EST.
LAT.
LITH.
BELARUS
GERMANY
POLAND
UKRAINE
MOLDOVA
ROMANIA
BULGARIA
KAZAKHSTAN
MONGOLIA
Black Sea
UZBEKISTAN
KYRGYZSTAN
ARMENIA
TURKEY
TURKMENISTAN
TAJIKISTAN
CHINA
SYRIA
IRAQ
IRAN
AFGHANISTAN
Mediterranean Sea
JORDAN
NEPAL
BHUTAN
LIBYA
EGYPT
SAUDI ARABIA
BANGLADESH
INDIA
BURMA
OMAN
NIGER
CHAD
SUDAN
YEMEN
Arabian Sea
Bay of Bengal
THAILAND
DJIBOUTI
NIGERIA
CENTRAL AFRICAN REPUBLIC
SOUTH SUDAN
ETHIOPIA
CAMEROON
UGANDA
KENYA
GABON
DEM. REP. OF THE CONGO
RWANDA
TANZANIA
ANGOLA
ZAMBIA
ZIMBABWE
Mozambique Channel
INDIAN OCEAN
BOTSWANA
NAMIBIA
SOUTH AFRICA

#033

울타리를 벗어나

2015. 12. 13.~2015. 12. 17. 케냐

바로 눈앞에서 코끼리 떼가 무리 지어 지나가고, 세상에서 가장 빠른 새라고 하는 타조는 무엇이 그리 바쁜지 총알처럼 뛰어간다. 사자의 움직임에 위협을 느낀 기린이 긴 목을 늘어뜨리고 주위를 경계한다. TV에서만 보던 야생동물 무리 한가운데를 지프차와 함께 헤쳐 나간다. 여기는 검은 대륙 아프리카, 케냐의 '마사이마라 국립공원'.

동물을 무척이나 좋아하시는 아버지는 천장이 뚫린 지프차에서 벌떡 일어나 지붕 밖을 통해 한껏 흥분된 표정으로 동물들을 관찰하고 있다. 야생에서 역동적으로 뛰노는 동물들을 보니 비로소 태초의 땅 아프리카에 온 것이 실감난다. 동물원에서 철장 안에 갇힌 동물들을 볼 때면 신기하다기보다 딱하다는 생각이 들었다. 인간의 욕심 때문에 자유를 속박당하고 평생 철장 안에 갇혀 구경거리가 되는 동물들이 불쌍했는데, 아프리카 대초원에서는 반대로 차 안에 타고 있는 우리가 구경거리 신세가 된다.

울타리 없이 자유를 만끽하고 있는 동물들을 보니 나도 스스로를 구속하는 마음의 감옥으로부터 벗어나고 싶다는 생각이 든다. 철장과 같은 물리적인 울타리는 아닐지라도 타인의 시선이나 사회적 편견, 부모님의 막연한 기대 등이 무형의 울타리로 나 자신을 옭아매고 있는 것은 아닌지. 또한 내가 정한 기준과 잣대로 타인에게 울타리를 씌우는 것은 아닌지. 이 모든 것들로부터 벗어나고 싶은 바람이 가슴 가득 차오른다.

울타리 안은 안전하지만 자유가 없다.

울타리 밖은 불안하지만 자유롭다.

나는 후자를 선택하는 용기 있는 사람이고 싶다.

케냐 '마사이마라 국립공원'

탄자니아 다르에스살람 '수산물시장'(위)
탄자니아 잔지바르(아래)

#034

노예로 살아가지 않기 위해

2015. 12. 18.~2015. 12. 27. 탄자니아

아프리카 탄자니아에는 아프리카의 하와이라고 불리는 아름다운 '잔지바르 섬'이 있다. 하지만 이곳은 불과 몇백 년 전까지만 해도 동부 아프리카에서 생포한 아프리카 사람들이 노예로 매매되는 최대의 노예 시장이었다. 허리를 펼 수도 없을 정도로 비좁은 잔지바르 대성당 지하 수용실 공간에는 노예 수십 명을 감금했던 흔적들이 있다. 인간이 다른 인간을 짐승처럼 학대하고 부렸던 야만의 시절, 흑인 노예들이 얼마나 비참한 삶을 살았을지는 오랜 시간이 지난 지금에도 고스란히 느껴진다.

잔지바르 노예 시장을 나와 시큼한 아프리카 커피를 마시며 아버지와 이런저런 이야기를 나누다가 내가 물었다. "예전 흑인 노예처럼은 아닐지라도 사실 우리는 모두 노예의 삶을 살고 있는 게 아닐까요? 일의 노예, 집착과 소유의 노예, 술과 약물 같은 쾌락의 노예. 정말 모두가 노예로 살고 있는 것 같아요."

그랬더니 아버지가 이렇게 답하신다. "아버지가 32년간 노예

처럼 일해서 지금의 너와 네 동생이 있는 거잖니? 그래도 난 한 번도 내가 노예라고 생각해본 적이 없다. 노예라고 생각하면 노예고 주인이라 생각하면 주인이 아니겠니?"

아…… 예상치 못한 답변에 머리가 띵해진다. 그래, 모든 것은 관점의 차이다. 긍정적인 생각을 하는 사람이 되자.

오늘의 교훈,

노예가 아닌 주인의 삶, 능동적이고 긍정적인 삶을 살자.

#035

낭만의 감옥 열차

2015. 12. 27.~2015. 12. 29. 잠비아

여러 운송수단 중 나를 가장 설레게 하는 것은 단연 기차다. 기차 특유의 덜컹거림 속에서 창밖으로 스쳐 지나가는 풍경들을 바라보며 몽상에 잠기거나 시간 날 때 보려고 미뤄두었던 책을 읽는 행복감은 무엇보다 큰 내 삶의 활력소다. 그러한 이유로 나는 가끔 일부러 기차를 타곤 한다.

아프리카 대륙을 힘차게 질주하는 기차 여행의 낭만을 꿈꾸며 탄자니아와 잠비아를 3박 4일에 걸쳐 관통하는 타자라 열차에 탑승했다. 기차가 동네의 작은 간이역에 잠시 정차하게 되면 마을의 큰 행사가 벌어지기라도 한 듯 꼬마 아이들이 무리 지어 나와 탑승객들에게 손을 흔든다. 아낙네들이 소쿠리에 넣어 팔고 있는 바나나와 사과도 꽤 맛이 좋다. 타자라 열차에서 처음으로 맞이하는 저녁, 아프리카의 깨끗한 밤하늘에 밝고 선명하게 빛나는 별들이 너무 아름답다. 북극성이 아닌 남극성이 여기가 남반구임을 알려준다.

2박 3일로 예정됐던 탄자니아-잠비아의 타자라 열차는 연착에 연착을 더하여 언제 도착할지 기약이 없어져버렸다. 우리가 탑승한 열차 칸은 1등석임에도 불구하고 물도 전기도 없다. 불행하게도 미리 챙겨왔던 비상식량마저 서서히 떨어져간다. 그러나 아무리 배가 고파도 열차의 부설 식당에서 판매하는 파리가 다닥다닥 붙어 있는 닭고기 튀김은 죽어도 못 먹겠다. 움직이는 감옥, 타자라 열차에 갇힌 지 75시간이 지나간다. 아버지와 나에게서 풍겨나기 시작한 악취를 이제 더는 참기가 힘들어진다. 앞으로는 기차 여행이 두려워질 것 같은 느낌이 든다. 낭만도 과하면 고통이 되는구나!

그래도, 잊지 못할

아프리카에서의 처음이자 마지막 기차 여행,

그 길에 마주했던 반짝이는 남극성과

장난꾸러기 같은 마을 아이들의 맑은 눈빛만큼은

가슴속에 고스란히 박혀 있다.

잠비아행 '타자라 열차'

#036

불효자는 웁니다

2015. 12. 29.~2015. 12. 30. 짐바브웨

아버지는 귀가 어둡다. 그래서 여행 중 불편한 사항이 한둘이 아니다. 무엇이든 두 번 이상 말씀드려야 하고, 한국과는 다른 위험한 도로 상황에서 차량이 오는 것을 인지하지 못해 아찔한 순간이 발생하기도 한다. 본인이 더 힘드시겠지, 하고 이해해보려 노력하지만 여행 파트너와 의사소통이 불편한 데서 오는 답답함은 어쩔 수 없다.

짐바브웨 빅폴 시내의 어느 노천카페, 더위에 지친 우리는 자동적으로 시원한 맥주 두 잔을 주문한다. 문득 무언가 생각나 아버지께 이야기를 꺼내려다 어차피 잘 못 들으실 것 같아 그만두고 만다. 아버지가 내 못된 마음을 읽으셨는지 먼저 말씀하신다. "어이구, 요즘엔 귀가 더 잘 안 들려. 미치겠다. 근무할 때 작업 현장을 관리하면서 기계 소리, 용접 소리를 하도 들어놨더니 청력이 너무 안 좋아졌어. 그래도 이젠 그런 소리 안 듣게 되어 너무 좋네."

뒤통수를 한 대 심하게 얻어맞은 느낌이다. 아…… 그런 이유가 있었구나. 아버지의 청력 감퇴는 나이 든 탓이 아니라, 우리 가족을 위해 일하시면서 시끄러운 소리를 오랫동안 너무 많이 들은 탓이었구나. 앞으로는 그런 소음들 말고 듣기 편안한 부드럽고 아름다운 소리를 많이 들려드려야겠다.

난 정말 나만 생각하는 못된 아들이었다.

부끄러워서 얼굴이 벌게지고 눈물이 핑 돈다.

아버지 죄송합니다.

제가 아버지의 밝은 귀가 되어드릴게요.

짐바브웨 '빅토리아 폭포'

#037

해피 뉴 이어

2015. 12. 30.~2016. 1. 2. 보츠와나

무더운 태양 아래 남아프리카 남부 중앙내륙의 보츠와나에 있는 생태계의 보고, 오카방고 델타에 도착했다. 하마 가족들이 거리를 둔 채 우리 보트 옆을 유유히 지나간다. 저 멀리 지나가는 코끼리들은 아프리카 여행 중 하도 흔하게 봐온 터라 이제 관심 밖이 될 정도다. 평생 볼 야생동물들을 아프리카에서 다 본 기분이다.

12월 31일, 2015년의 마지막 날. 성인이 되고 처음으로 아버지와 조촐한 송년회 자리를 갖자니 감회가 새롭다. 2015년의 마지막 날을 아프리카에서 보내게 될 줄은 몰랐다. 달력을 보니 군 전역을 하고 아버지와 여행을 떠난 지 어느새 179일이 지났다. 무모한 도전으로 시작한 세계일주에서 다양한 환경과 문화를 접하고 새로운 사람들을 만나며 나는 그 어떤 때보다 크게 성장했다. 그리고 무엇보다도 아버지가 들려주신 인생 경험담과 조언, 말없이 보여주신 행동들을 통해 삶의 지혜를 배웠다.

보츠와나 '오카방고 델타'

보츠와나 '오카방고 델타'

2015년, 나는 아버지라는 인생 선배를 새로 알게 되었다.

2016년, 나는 새로운 목표를 향해 달려갈 것이다.

이제 어떤 것도 두렵지 않다.

아버지, 해피 뉴 이어!

#038

인생의 사막

2016. 1. 2.~2016. 1. 6. 나미비아

아직은 조금 쌀쌀한 새벽녘 사막, 모래 사이로 푹 꺼지는 발자국을 뒤로한 채 끝없이 펼쳐진 모래언덕을 오른다. 앞으로 나아가고 있는지 의구심이 들 만큼 힘든 발걸음 끝에 도착한 '듄45'. 이곳은 세계에서 가장 높은 모래언덕으로, 국립공원 입구에서 45킬로 떨어져 있어서, 또는 45번째 모래언덕이라서 듄45로 불리는데 아름다운 일출 명소로 꼽힌다.

예상했던 시간에 붉은 태양은 떠오르고, 나미비아 붉은 사막이 동공 속으로 녹아든다. 어떤 생명체라도 흡수해버릴 것 같은 그 척박한 광경에 내 마음속의 무엇인가도 붉은 사막 속으로 빨려들어가는 것만 같다. 무언가 불필요한 생각을 정리하는 데 사막만큼 제격인 장소도 없을 것 같다.

우리의 삶에도 사막과 같은 공간이 필요하지 않을까. 컴퓨터 시스템에서 쓸모없어진 수많은 파일들을 정기적으로 말끔히 정리해주듯이, 우리 머릿속도 한 번씩 사막처럼 비워주어야 한다.

텅 빈 사막처럼 우리 삶도
쓸데없는 잡념과
기억, 소유욕, 관계들을 청산하며
비워낼 필요가 있다.
또 다른 새로운 시작을 위하여.

나미비아 '듄45'

#039

희망봉에 서서

2016. 1. 6.~2016. 1. 10. 남아프리카공화국

아프리카 최남단, 두 갈래로 확연한 차이를 보이는 바닷물 색깔은 이곳이 태평양과 대서양이 만나는 곳임을 알 수 있게 해준다. 항해에 지친 유럽 선원들이 여기만 지나면 집과 가까워진다는 희망을 품었다는 데서 그 이름이 유래한 희망봉. 공교롭게도 우리 부자 역시 길었던 세계일주의 끝자락에 희망봉을 오른다.

희망봉 정상 전망대에서 미처 다 드러내지 못했던 새해 다짐과 소망을 다시금 빌어본다. 문득 안도현 시인의 시 한 구절이 생각난다. "연탄재 함부로 차지 마라, 너는 누구에게 한 번이라도 따뜻한 사람이었느냐?"

부끄럽다. 지금껏 난 타인에게 그리 따뜻한 사람이 못 되었던 것 같다.

누군가에게 희망을 줄 수 있는 존재가 되기를.

누군가의 눈물을 닦아줄 수 있는 따뜻한 사람이 되기를.

희망봉에서의 나의 다짐이 변하지 않기를.

남아프리카공화국 '희망봉'

#040

아버지, 우리가 해냈습니다

2016. 1. 10.~2016. 1. 12. 홍콩

실감이 나지 않는다. 오늘이 세계일주 마지막 날이라니. 홍콩의 야경이 훤히 보이는 호텔에서 아버지와 성공적인 세계일주를 마무리하는 파티를 하고 있다. 우리가 함께한 200여 일이 이렇게 훌쩍 지나가버릴 줄은 몰랐다.

아버지와 함께한 200일, 장기 여행을 하면서 늘 행복했던 것만은 아니다. 편한 친구도 아니고 '꼰대'로 생각했던 아버지를 모시고 다니는 여행이 부담스러웠을뿐더러 내가 하고 싶은 것을 마음대로 하지 못하는 불편함도 있었다. 때때로 의견 조율이 되지 않아 힘들었고 무엇보다 내 노력을 알아주지 않는 아버지가 서운하기도 했다. 하지만 아버지와 함께 지금까지의 여행 경로를 하나씩 되짚으며 당시를 추억하는 이 순간, 술기운으로 알딸딸해지는 기분에 왠지 모를 격한 감정이 차올라 아버지와 부둥켜안고 사나이들만의 진한 눈물을 뜨겁게 흘렸다. 눈물을 보이면서도 부끄럽다기보다 너무 행복했다. 지금에서야 말하지만

홍콩, 여행 마지막 날을 기념하며

사실 그 어떤 것도 아버지와 함께가 아니었다면 불가능했을 것이다.

아버지와 함께 세계일주를 떠난다고 말했을 때 어떤 이는 나더러 미쳤다고 했고, 또 어떤 이는 지금 때가 어느 때인데 떠나느냐며 심각하게 말렸다. 하지만 지금 돌이켜보면, 처음 세계일주를 결심했을 때의 걱정은 한낱 기우에 불과한 것이었다. 살면서 처음 맛본 최고의 희열과 성취감, 눈부시게 아름다운 추억만이 남아 있을 뿐이다. 결국 세상 사람들은 실패가 두려워 걱정만 하는 이와 그것을 이겨내고 실천하는 이로 나뉘어 있는 것 같다. 세계일주를 통해 아버지와 나는 다행히도 후자에 속할 수 있게 되었다.

자신 있게 말할 수 있다. 수백 억의 유산을 물려받은 그 어떤 아들보다 나는 더 복이 많은 사람이라고. 있다가도 없어지는 물질적인 것보다 평생 기억될 행복한 추억들을 선물해주신 사랑하는 아버지가 자랑스럽고 감사하다. 무엇보다, 환갑을 바라보는 나이임에도 그 긴 시간 동안 심한 질병 없이 건강하게 여행을 마쳐주셔서 다행이다.

아버지의 꿈을 이루어드리기 위해 무작정 떠났던 세계일주. 솔직히 나의 꿈이 이루어진 것 같다. 그리고 조금 욕심을 내어 다짐도 해본다. 아버지가 하셨던 것처럼 나 또한 미래의 내 아들과 멋진 여행을 떠나보겠다고.

아버지 감사합니다.

당신의 아들이어서 자랑스럽습니다.

아버지 편

그래!
나도 아들의 아버지라서
자랑스럽다

#000

아들아, 아버지는
평생 남의 눈치만 보며 살았다

서울 올림픽이 열린 해인 1988년 5월 어느 날 오후 아들이 건강하게 태어났다. 누가 봐도 내 아들이라 알아볼 만큼 나랑 꼭 닮았다. 내겐 평생 잊을 수 없는 감동적인 순간이었다. 처음엔 철학관이나 혹은 잘 알려진 작명소를 찾아가서 이름을 지을까 고민했다. 하지만 세상에 하나뿐인 아들인데 이름만큼은 아버지인 내가 직접 지어줘야겠다 마음먹고 심기일전하여 몇 날 며칠 국어사전과 옥편을 뒤적였다. 그리고 드디어 간결하고 예쁜 이름 하나를 지었다.

있을 '在재' 어질 '仁인', 더불어 베풀며 어질게 살라는 간절한 바람을 담아 지은 이름이다. 내가 지어준 이름을 가진 내 아들. 그런 아버지의 바람이 전해졌는지 현재까지 아들은 건강하고 착한 청년으로 자라주었다.

아버지로서 많이 부족했지만, 무릇 아들이란 아버지를 보며 자란다는 생각에 항상 최선을 다하여 아들에게 아버지로서 모

아들 돌잔치

범이 되려고 노력했다. 가장으로서 남자다움을 잃지 않으려 했고, 때론 무척 엄하게 자식들을 대했다. 거의 매일 회식을 하고 아무리 술에 취해 들어와도 나는, 약주를 좋아하셨던 나의 아버지와는 달리 단 한 번도 아들에게 술주정하는 모습을 보이지 않았다. 사랑을 받아본 사람이 사랑을 줄 수 있다 하였기에 나름대로는 많은 사랑을 주었다고 생각했지만, 사춘기를 겪으며 아버지에 대해 이미 부정적이 되어버린 아들의 마음을 돌리기는 그리 쉽지 않았다. 일에 치이고 빠듯한 생활에 쫓기며 바쁘다는 핑계로 막상 자식들 마음은 잘 헤아리지 못한 것 같다.

사실 그동안 나는 평생 다른 사람 눈치만 보며 살았다. 그런 나의 삶이 너무나 후회되었기에 마음속으로 자유로운 세계여행을 꿈꾸며 회사에 사표를 던질 용기를 키워왔다. 내 아들은 다른 사람 눈치 보지 않고 자신이 좋아하는 걸 마음껏 즐기며 살았으면 좋겠다.

많은 고민 끝에 32년간 몸담았던 회사에서 퇴직을 결심하고 아들에게 제안한 세계일주, 꽤나 놀란 모양이었던 아들이 함께 하겠다고 했을 때, 내심 거절당할까 두려웠기 때문일까? 나는 누구보다 기뻤다. 혼자라면 장기간 세계일주가 엄두도 나지 않았겠지만, 든든한 아들이 함께해준다니 많은 의지가 될 것 같았다.

내가 이름을 붙여준 작은 아기가 이제는 이렇게 늠름한 사나이가 되어 나와 세계일주를 함께하겠단다. 지금의 내가 그러했듯이 내 아들도 훗날 제 아들과 함께 단둘이 세계여행을 떠나면 좋겠다.

그땐 아들도 느낄 것이다,

내가 얼마나 행복했는지.

#001

인생 제3막

2015. 7. 4.~2015. 7. 7. 영국

정신없이 앞만 보며 달려왔다. 내 인생의 1막이 고향 충북 제천 작은 마을에서 태어나 초등학교에서 대학 졸업까지 친구들과 함께 공부하며 우정과 추억을 만드는 시기였다면, 인생의 2막은 군 제대하고 대학 졸업 후 결혼하여 가정을 꾸리며 아이들을 길러냈던 32년간의 직장생활이다.

이제, 환갑을 바라보는 나는 인생 3막을 막연하게 꿈만 꾸었던 아들과의 세계일주로 시작하려 한다.

살아온 날보다 앞으로 살날이 적을 것 같은 나의 후반기 인생 3막은 영국에서 시작한다.

세계 최초로 지하철을 만든 나라 영국에서 지하철을 타는데 온종일 노랑머리 사람들만 보고 다니는 게 이상하다. 소변을 보기 위해

1975, 고2 '설악산 수학여행'에서

'전국 직장대항 생활체육 테니스 대회'

공중 화장실에 갔더니 치사하게도 사용 요금을 받는다. 우리나라 돈으로 1,000원이나 한다. 우리나라도 아주 오래전에 공중 화장실을 10원 정도 주고 사용했던 기억이 난다.

2015년 7월의 오후, 영국 윔블던 테니스 경기장. 매년 열리는 윔블던 테니스 대회를 나는 한 번도 빠지지 않고 TV 생중계로 봤다. 1983년 울산 현대중공업에 입사하면서 취미로 시작한 테니스는 오늘날까지 30년 동안 내 생활의 일부분이었다. 테니스를 치는 순간만큼은 직장생활의 압박감, 가정에 대한 책임감, 미래에 대한 불안감을 모두 잊을 수 있었다. 윔블던 테니스장을 여기저기 돌아보는데 방금 경기를 끝낸 여자 선수가 울고 있다. 아마도 단식 게임에서 패한 모양이다. 스포츠 경기엔 승자가 있으면 패자가 있기 마련이다. 승부욕이 강한 편인 나도 예전에 테니스 게임에서 패배하고 분해했던 기억이 난다. 하지만 승패에 관계없이 즐길 줄 아는 사람이 진정한 스포츠맨이라는 것을 지금은 안다.

평생 와보지 못할 줄만 알았던 윔블던 테니스 경기장에서 아들과 함께 대회를 관람하고 템스 강변에서 런던의 야경을 바라보고 있는 이 현실이 믿기지 않는다.

꿈 많았던 학창 시절처럼 오랜만에 가슴이 뛰기 시작한다.

그래! 꿈은 이루어지는 거야.

#002

남자의 변신은 무죄

2015. 7. 7.~2015. 7. 11. 프랑스

말로만 듣던 유로스타 열차에 몸을 싣고 프랑스 파리에 입성한다. 마치 부산에서 서울로 가는 KTX 고속 열차를 타고 온 듯하다. 기차로 국경을 넘을 수 있다는 것이 신기하면서도 한편으로 굉장히 부럽다. 언젠가 대한민국도 기차로 국경을 자유롭게 넘을 수 있는 곳이 됐으면 한다.

생전 처음 걸쳐보는 것들이지만 아들이 여행자 패션이라며 준비해준 모자와 옷으로 장착하고 샹젤리제 거리, 에펠탑, 루브르 박물관, 베르사유 궁전, 몽마르트르 언덕 등 파리의 곳곳을 둘러본다. 사실 내겐 이 모든 것이 너무 어색하다.

나는 지금껏 소위 명품 옷을 한 번도 입어본 적이 없다. 1987년 결혼할 때 예복으로 장인어른께서 부산 남포동 유명 양복점에 가서 맞추어준 옷이 내겐 최고급이었다. 울산 현대중공업에 32년간 근무했던 내게 가장 편하고 멋진 옷은 회사 유니폼이었다. 결혼식장에 참석할 때도 회사 유니폼을 단정하게 입고 다녔

프랑스 파리 '베르사유 궁전'

다. 지금도 여전히 나는 남에게 크게 거슬리지 않는 단정하고 편안한 옷이면 그것으로 늘 만족한다.

이번 세계여행을 준비할 때도 평소 내가 즐겨 입던 옷으로 배낭 속을 가득 채웠었다. 하지만 아들은 늘 회사 작업복만 입고 다니는 아버지를 이번 기회에 멋지게 변신시켜주겠다며 내 옷들을 모두 바꿔치기했다. 예전, 나는 자식들의 차림새에 크게 간섭했다. 중학생 아들이 교복 바지를 줄여 입은 모습이 보기 싫어 모두 찢어버렸고, 딸이 신고 다니는 높은 힐의 구두를 전부 내다버리기도 했다. 그랬던 내가 이제는 아들이 준비해준 여행자 패션의 옷들을 반강제(?)로 입고 다닌다. 이젠 반대의 입장이 돼버린 내 모습에 웃음이 난다.

사실 나는 매사에 늘 타인의 눈치를 보며 살아왔다. 어떤 행동을 하기 전에 남이 나를 어떻게 생각할까 먼저 고민하고 걱정했다. 남이 나를 어떻게 생각하는지는 내가 걱정할 일도 아닌데 말이다. 당연한 이야기지만 내가 어떤 스타일의 옷을 입든 그건 내 마음이다. 그래, 이번 여행을 통해서 용기 내어 내 모습을 한번 변화시켜보자.

파리의 명소를 구경하고 저녁때 숙소에 들어와 아들이 노트북에 저장한 사진을 보여준다. 어! 그런데 사진 속 달라진 내 모습이 전혀 어색하지 않고 제법 멋지게도 보인다. 내게도 이런 모습들이 있구나 하는 생각이 든다. 게다가 한국에 있는 여러 지인에게 여행 사진 몇 장을 보내니 다들 내 패션이 멋지다고 한마디씩 한다. 이제 아들이 입으라고 명하는 옷은 무조건 입으련다.

그래! 이번 여행만큼은
나도 패셔니스타가 되어보자.
내겐 아들이 준비해준 옷이
세상에서 가장 편하고 멋진 명품이다.

#003

고향을 그리다

2015. 7. 11.~2015. 7. 15. 스위스

프랑스 파리의 리옹 역에서 출발한 떼제베 열차는 자정쯤 스위스 인터라켄 동역에 도착한다. 아들은 알프스 융프라우에 가기 위해 이곳에 왔다고 한다. 스위스에선 융프라우가 유명하다고 하는데 사실 나는 그런 것에 대해 잘 모른다. 아들이 아버지를 위해 공부를 많이 해와서 어디를 가든 상세하게 설명해준다. 나의 개인 여행 가이드이다.

융프라우 역까지 가는 산악열차는 마치 설국열차 같다. 산악열차가 통과하는 바위 터널 공사는 무려 16년 만에 완공했단다. 인간이 해내는 일들은 참으로 위대하다.

융프라우의 하얀 만년설 눈밭에 양팔을 벌리고 하늘을 향해 대자로 누우니 어릴 적 고향 눈밭에서 뒹굴던 때의 기억들이 떠오른다. 1960년대 후반에서 70년대 초반까지 초등학교와 중학교 시절을 보냈던 내 고향 충청도 울고 넘는 박달재는 한겨울에 춥기도 추웠지만, 함박눈도 자주 내렸다. 수업 중에 눈이 내리면 50분 수업을 마치고 10분간의 쉬는 시간을 이용해서 친구들은 물론 선생님까지 함께 어우러져 눈싸움했던 기억은 잊지 못할 아름다운 추억이다.

놀이공원의 롤러코스터도 무서워 타지 못하는 내가 아들의 추천으로 알프스 융프라우에서 난생처음 패러글라이딩이란 것을 다 해보았다. 패러글라이딩을 타고 공중에서 본 알프스 산 중턱 푸른 초원에는 평소 내가 동경하던 그림 같은 집들이 여기저기 많이 보인다. 너무도 평화롭다.

아내는 반대하지만, 언젠가 나는 모든 것 훌훌 던져버리고 부모님 산소가 있는 고향 근처 조용한 산속에 들어가 자연과 함께 살려 한다. 나이가 들어갈수록 고향이 그리워지는 것은 인간의 본성인가 보다.

그리고 무엇보다 인간은 누구나 다 자연으로 돌아가는 것 아닌가.

오늘따라 고향이 무척이나 그립다.

어렸을 적 같이 놀던 불알친구들도, 다들 잘 살고 있을까?

고향아 기다려라, 내가 간다.

스위스 '인터라켄 패러글라이딩'

#004

아들의 편지

2015. 7. 15.~2015. 7. 28. 이탈리아

스위스 스피츠 역에서 이탈리아 베네치아행 열차에 몸을 싣는다. 유럽은 열차를 타고 국경을 넘으며 여행하는 재미가 있다. 이탈리아 대부분의 도시에서 새롭게 건축된 건물은 거의 보이지 않는다. 옛 건물 원형은 그대로 유지한 채 내부만 현대식으로 리모델링하는 것 같다. 역사를 보존하려는 의지가 대단하다.

내가 본 이탈리아는 나라 전체가 박물관이고 지붕은 온통 붉은색이다. 어떻게 수천 수백 년 전 상태 그대로 유지 관리하고 있는지 그저 놀라울 따름이다. 고대 로마 원형 경기장인 콜로세움. 아들은 이곳을 배경으로 멋진 사진을 찍는다며 40도에 육박하는 찜통 무더위도 전혀 아랑곳하지 않고 한 시간 넘게 콜로세움 주변을 돌아다니고 있다. 나도 따라다닐 수밖에. 이곳에 또 언제 올지 모르는데 멋진 사진 한 장은 남겨야 한다는 아들 말에 할 말이 없다. 하지만 그 덕분에 나는 난생처음 더위를 먹고 일주일 이상 죽을 고생을 했다.

스위스에서 이탈리아로 가는 '베네치아행 열차'

아이를 키우며 자식과 친구같이 지내기가 말처럼 쉽지는 않다. 가부장적 사회에 익숙했던 대한민국 아버지는 자식들 앞에서 늘 권위적이고 매사 침묵으로 일관하는 것이 아버지로서의 위신을 지키는 일이라 여겼다. 내가 학교 다닐 때만 해도 친구들 모두에게 아버지는 두려움의 대상 1호였다. 내가 군대에 있을 때 돌아가신 나의 아버지는 장날이면 소금에 절인 간고등어를 사서 새끼줄에 매달고 집에 오실 만큼 한없이 인자했다. 하지만 그런 아버지와 도란도란 이야기를 나누었던 기억은 전혀 없다. 나 역시 지금의 내 아들이 대학교를 졸업할 때까지 둘이서 터놓고 대화를 나눈 적이 별로 없다. 세계여행을 하는 동안 이번 기회에 아들과 친구처럼 지내며 지금까지 해온 이야기들보다 훨씬 더 많은 이야기를 나누려 한다. 그게 아들과 함께하는 세계여행의 목적이기도 하다. 예전엔 그렇게 생각하지 않았지만, 지금 이 시대에 아버지의 권위의식은 이제 버릴 때도 되지 않았나 싶다.

자식과 아버지는 친구 사이로 지내는 게 좋을 것 같다. 지금 내 곁에 있는 아들과 언제나 친구처럼 편안한 관계로 잘 지낼 수 있다면 좋겠다. 한때 아들과 멀어진 시기도 있었지만 변함없는 사실 하나는, 아들은 영원한 나의 아들이고 나는 영원한 아들의 아버지라는 것이다.

아들이 초등학교에 입학해서 내게 처음 썼던 편지가 생각난다. "아버지의 아들이라서 자랑스러워요." 세상 모든 아버지에게 이 말보다 더 듣기 좋은 소리가 있을까?

그래! 나도 아들의 아버지라서 자랑스럽다.

#005

마누라가 보고 싶다

2015. 7. 28.~2015. 8. 3. 그리스

지금이야 신혼여행을 거의 해외로 가지만 나와 같은 세대인 대한민국 베이비붐 세대들이 해외로 신혼여행을 가는 것은 꿈도 꾸지 못할 일이었다. 내가 결혼식을 올린 1980년대 후반에 신혼여행지 1순위가 제주도였다면 2순위는 경주였다. 더러는 지방에서 결혼한 사람이 서울로 신혼여행을 가기도 했다. 또 제주도로 신혼여행을 갈라치면 결혼식 후 친구들 모두가 공항까지 몰려가 배웅을 하곤 했다. 친구 소개로 만나 30년을 한 이불 속에서 사는 착한 내 마누라와도 신혼여행을 제주도로 갔다. 물론 비행기는 그때 처음 타봤다.

1989년 해외여행 전면 자유화를 시행하기 이전, 우리나라 일반 국민에게 있어서 여권 만들기는 물론이려니와 해외여행이란 정말이지 꿈같은 일이었는데, 그때를 돌아보면 지금처럼 자유롭게 비행기를 타고 다니며 세계여행을 한다는 사실이 감개무량하다.

1987, 제주도 '신혼여행'

세상에서 가장 아름다운 석양을 볼 수 있다는 이아 마을, 수많은 신혼부부가 이 마을의 상징인 파란색 둥근 지붕을 배경으로 얼굴 가득 행복한 미소를 지으며 연신 사진 찍는 모습이 보인다. 아마도 세상에서 가장 행복한 여행은 이제 막 결혼식을 올리고 사랑하는 사람과 떠나는 신혼여행이 아닐까 싶다. 나 역시 가장 행복했던 여행은 신혼여행이었다. 그런데 이제는, 아내에겐 미안한 얘기지만, 아들과 함께한 세계여행이 가장 행복했던 여행으로 기억되지 않을까 싶다. 이아 마을에 해가 질 무렵이면 아름다운 석양을 보기 위해 관광객들이 몰려들어 서로 먼저 명당을 차지하려고 한바탕 자리다툼이 벌어진다. 그 전쟁을 치른 끝에 우리 부자도 석양의 장관을 감상할 수 있었다. 뉘엿뉘엿 넘어가는 붉은 태양은 에게 해의 바다를 검은색으로 물들이며 서서히 바닷속으로 잠기어갔다.

"죽기 전에 에게 해를 여행하는 행운을 누리는 사람은 복이 있다." 그리스 작가 니코스 카잔차키스는 그의 소설책에 이렇게 썼다고 한다. 복은 저절로 오는 게 아니고 스스로 만드는 것이다. 에게 해의 보석 산토리니 섬에서 아들과 함께 멋진 석양을 볼 수 있었던 나는 분명 스스로 복을 만든 사람이다.

아내도 함께 왔다면

더 좋았겠다는 생각이 든다.

좋을 때나 힘들 때나 늘 내 곁을 지켜준

고마운 마누라가 보고 싶다.

#006

우리 부자는 예술가?

2015. 8. 3.~2015. 8. 18. 터키

터키에 도착해 아테네에서 산 옷을 입었다. 생전 처음 입어보는 옷이다. 한국이라면 상상도 못 할 일이다. 거울을 보니 거울 앞에 내가 아닌 다른 사람이 서 있는 것 같다. 웃음이 절로 나온다. 이번 세계여행을 하는 동안만큼은 난 아들의 지시에 무조건 따르기로 했다.

터키는 이슬람 문화권이라 검은 옷을 입고 검은 스카프(히잡)로 머리를 감싼 채 눈 주위만 노출하고 다니는 여성이 많다. 무더운 날씨에 괜히 안타까운 생각이 든다. 아들에게 "우리도 무슬림 복장을 하고 다닐까?" 하고 농담하니 아들은 조금도 망설임 없이 웃으며 "그래요." 한다. 그러면서 아들은 이슬람 문화권은 아직 일부다처제가 법적으로 허용된다며 아버지도 아내를 여러 명 두고 싶으면 이곳으로 이민 오면 된다고 한다. 아버지는 엄마 한 사람 감당하기도 벅차단다, 아들아!

이스탄불의 대표 관광 명소인 술탄 아흐멧 광장을 사이에 두고 위치한 블루 모스크와 아야소피아 구경을 끝낸 후, 야간 버스를 타고 거의 12시간 만에 카파도키아에 도착한다.

새벽, 아침 해가 뜨기 전 아들과 함께 카파도키아의 명물인 열기구를 타고 하늘에서 카파도키아 전경을 바라본다. 버섯 모양의 수많은 돌과 기암괴석들이 있는 이곳은 마치 지구가 아닌 다른 행성에 온 것 같은 착각에 빠지게 한다. 카파도키아 새벽 하늘에는 형형색색의 열기구들로 가득하다. 열기구에서 내리니 인증서까지 준다. 오랜만에 상장을 받아본다.

터키를 여행하며 계속되는 장거리 버스 이동에 내가 무척이나 지치고 피로해 보였는지 아들이 다음은 온천욕을 즐기는 곳으로 가자고 한다. 그곳이 어디냐고 물으니 파묵칼레라고 한다. 석회층으로 이루어진 파묵칼레 온천지를 멀리서 보면 꼭 하얀 눈이 쌓여 있는 듯하다. 계단식 석회층 맨 꼭대기에서는 따뜻한 온천물이 계속 흘러나온다. 온천물이 피부에 좋은지 비키니 차림의 서양 여성들이 많이 보인다. 우리 부자는 온천물이 뿜어 나오는 숙소에서 오래간만에 쌓인 피로를 푼다.

내가 가장 좋아하는 것 중의 하나가 반신욕이라는 걸 아들은 안다. 나라별 여행 일정 짜느라 고생이지, 거기다 하루 24시간 아버지와 함께해야만 하는 심적 부담도 만만치 않을 텐데 이런 것까지 세심하게 배려해주니 무척이나 고맙다.

그나저나 터키를 여행하면서 우리 부자는 예술가가 된다. 이

터키 '카파도키아'

곳에서 만난 한국 여행자들이 우리가 입고 다니는 옷을 보고는 무슨 예술을 하느냐고 묻는다. 이 더운 날씨에 스카프까지 감고 다니는 우리 부자가 영락없는 예술가로 보이는 모양이다.

아무 눈치도 보지 않으며
무한 자유를 즐기는 지금의 이 시간이
무척이나 좋다.

#007

백문이 불여일견

2015. 8. 18.~2015. 8. 21. 러시아

60년대 초등학교 시절부터 자나 깨나 반공방첩이라는 구호를 듣고 배우며 자란 내게 공산주의 국가는 모두 두려움의 대상이었다. 초등학교 시절 삐라(북한에서 살포한 전단)를 주워서 학교나 경찰서에 가져다주면 연필 한 자루를 받았던 기억이 아직도 생생하다. 러시아는 6.25 전쟁 때 북한을 도와준 공산주의의 수장격인 나라라는 생각이 들어 그리 달갑지 않게 느껴지는 나라다. 모스크바에 입국하는데 왠지 모를 두려움으로 마음이 그리 편하지 않다.

하지만, 모스크바는 내가 생각했던 분위기와는 완전 딴판이었다. 도착 전까지만 해도 막연하게 우울한 회색 도시를 상상하고 있었는데 완전히 착각이었다. 유럽 선진국 도시 분위기 못지않다. 게다가 호스텔 주인아줌마의 친절과 세심한 배려에 모든 두려움이 눈 녹듯 일순간에 사라진다. 다소 아쉬웠던 점은 도로와 지하철에 영어 표기가 거의 없어 목적지를 찾아가기 힘들었다는 것. 하지만 아들은 관광 지도 하나 들고 지하철을 타고 다니며 거침없이 잘도 찾는다. 마음이 든든하다. 늘 덤벙덤벙해서 군대 가기 전까지 꽤 잔소리를 했는데…….

모스크바의 8월 날씨는 한국 초가을처럼 제법 쌀쌀하다. 이른 오전 시간이지만 붉은 광장은 관광객으로 넘쳐난다. 광장 옆 상트 바살리 대성당은 동화 속에 나오는 그림처럼 정말 예쁘다. 교과서에서 배운 러시아 소비에트 연방국가 창설자 레닌의 시신이 방부제 처리하여 안치된 지하 무덤과 현재 러시아 대통령인 푸틴의 집무실 앞까지도 가본다.

러시아에서의 마지막 날. 아들이 러시아는 서커스가 유명하다며 모스크바를 떠나기 전날 서커스 공연을 보러 가자고 한다. 서커스 공연장엔 어린 꼬마들을 동반한 가족들이 많다. 원숭이, 사자, 호랑이, 얼룩말 같은 야생동물과 함께하는 서커스 공연을 보며 잠시 동심의 세계로 빠져든다. 현지인들과 함께 호흡을 맞추며 손뼉도 친다. 서커스 공연을 직접 보기는 생전 처음이다. 생각지도 못한 즐거운 일들로 러시아에서 가장 많이 웃었다.

그래, 모든 것은 편견 없이 직접 보고 판단해야 한다.

백문이 불여일견이다.

러시아 '모스크바 역'

#008

마시자, 한잔의 추억

2015. 8. 21.~2015. 8. 24. 헝가리

늦은 밤 공항에 도착해서 부다페스트 중심가에 있는 숙소까지 미니버스를 타고 오는데 친절한 버스 기사 때문인지 도시의 밤 분위기가 왠지 포근하다. 도착한 숙소는 늦은 밤인데도 젊은 여행자들로 활기 넘친다. 한때 소련의 영향으로 공산주의였던 이곳 헝가리에 입국할 때도 러시아 때와 마찬가지로 내심 두려웠다. 하지만 이곳 역시 어디를 가든 이방인인 우리를 진정으로 따뜻하고 반갑게 맞이한다.

아들은 언제 공부했는지 부다페스트에 오면 꼭 봐야 할 곳이라며 국회의사당, 세체니 다리, 어부의 요새, 바찌 거리 등 관광 명소로 나를 인도한다. 바찌 거리에 있는, 200년 전통을 자랑한다는 제르보 카페에서 커피 한잔하며 아들과 헝가리에 대한 이런저런 이야기를 나눈다. 아들은 커피 맛이 좋다며 연신 감탄을 쏟아낸다. 아들이 좋아하는 모습을 보면 나도 덩달아 기분이 좋다.

아들 말에 의하면 부다페스트는 온천이 유명하단다. 평소 반신욕을 즐기는 내가 온천을 그냥 지나칠 리 없다. 부다페스트에서 온천물이 가장 좋다는 루다쉬 온천탕에 입수한다. 물 온도가 적당하다. 옆에 있는 남자 몸에서 술 냄새가 진하게 풍긴다. 과음 후 숙취 해소를 위해 목욕을 즐기는 것은 세계 어느 나라이든 공통인가 보다. 여기 온천탕은 수영복을 입고 들어가는 남녀 혼탕이다. 온천욕을 마치고 세체니 다리를 건너 바찌 거리까지 걸어와 전통 음식인 굴라쉬와 헝가리 대표 와인 토카이 한잔을 마신다. 온몸에 쌓인 피로가 금세 풀리는 기분이다.

부다페스트를 떠나기 하루 전 아들은 야경으로 유명하다는 겔레르트 언덕에 가자고 한다. 겔레르트 언덕에 오르니 부다페스트 도시 전체가 한눈에 들어온다. 국회의사당과 세체니 다리를 환하게 밝혀주는 부다페스트의 멋진 야경을 보며 아들과 함께 마시는 한잔의 술은 진짜 꿀맛이다. 친구들이나 직장 동료들은 내가 아들과 술 한잔한다 하면 굉장히 부러워한다. 자기 아들은 아버지와 함께 술 마시는 것을 별로 좋아하지 않는다며. 아들과 함께 맥주 한잔할 수 있는 나는 행복한 아버지다.

깊어가는 밤, 고등학교 시절 한창 유행했던 노래, 지금도 노래방에 가면 18번인 송창식의 '한잔의 추억' 가사가 떠오른다.

헝가리 부다페스트 '제르보 카페'

"마시자 한잔의 추억, 마시자 한잔의 술."

그렇게 부다페스트의 밤은 깊어간다.

#009

소녀의 눈물

2015. 8. 24.~2015. 8. 27. 폴란드

아침 7시 헝가리 부다페스트에서 아들과 함께 폴란드 크라쿠프행 버스에 오른다. 버스는 슬로바키아 국경을 넘어 7시간을 달려 목적지인 크라쿠프에 도착한다. 옛 독일 나치의 만행이 자행된 아우슈비츠 수용소를 보기 위해 이곳에 왔다.

아우슈비츠 수용소로 가는 기차에 오른다. 기차는 완행열차 속도로 아주 천천히 달린다. 아우슈비츠 수용소로 가는 열차라 그런지 차창 밖은 괜히 을씨년스럽게 보인다. 우리 부자는 오슈비엥침 역에서 내린다. 오슈비엥침은 폴란드식 발음이고 독일식 발음은 아우슈비츠다. 아우슈비츠 수용소에 도착하여 입장표를 사고 차례를 기다린다. 이곳은 여느 관광지와 다르게 사람들의 얼굴 표정이 모두 어둡다. 영어로 안내하는 여성 가이드와 함께 20여 명이 1개 조로 구성되어 아우슈비츠 수용소 안으로 들어간다. 무거운 마음으로 가이드의 설명을 들으며 아우슈비츠 수용소를 둘러본다. 그러던 중 어느 한 곳에 이르니 티셔츠 등에 'Israel'이라는 철자가 새겨진 옷을 입은 한 소녀가 말없이 눈물을 흘리며 서 있다. 그 당시 죽은 유대인 어린아이가 입었던 옷이 전시된 곳이다. 이스라엘 소녀의 눈물은 어린 꼬마들이 아무것도 모르고 겪었을 고통을 상상하며 흘리는 눈물이다.

수용소 안은 죽은 유대인들의 슬픈 영혼이 떠다니는 듯하고 가스실은 고통에 몸부림치는 신음 소리가 아직도 들리는 듯하다. 아들 얼굴도 하루 종일 무겁다. 제1형무소를 나와 제2형무소 철조망 앞에서 아들과 함께 고인의 명복을 빌며 잠시 묵념을 한다.

이 세상에 살아 있는 모든 생명체는 언젠가 반드시 죽는다. 인간 역시 그렇다. 천년만년 살 것 같아도 누구나 어김없이 죽음을 맞이한다. 하지만 아우슈비츠 수용소의 유대인처럼 고통스럽게 죽어가는 일 같은 건 앞으로 두 번 다시 없어야 한다.

폴란드 '크라쿠프'

한국에 있는 예쁜 딸이 보고파서일까

오늘 보았던 소녀가

눈물을 흘리던 모습이 계속 머릿속에 맴돈다.

후에 내가 죽어도 자식들이 힘들어하거나

슬퍼하지 않았으면 좋겠다.

특히, 사랑하는 우리 딸이 우는 모습은

절대로 보고 싶지 않다.

#010

걸어다니는 벤츠

2015. 8. 27.~2015. 8. 31. 독일

폴란드 크라쿠프 역에서 국경을 넘어 독일 베를린까지 기차를 타고 오는데 터널을 한 번도 지나지 않는다. 게다가 산도 거의 보이지 않고 모두 평야 지대다. 산과 들이 아름답게 어우러진 우리나라가 새삼 그리워진다.

독일은 애초 세계여행 계획에 없었지만, 분데스리가 축구 경기로 워낙 유명해 꼭 오고 싶었던 나라다. 이래 봬도 나는 초등학교 시절 축구 대표 선수로 활약한 전적이 있다. 지금도 고이 간직하고 있는 초등학교 졸업 앨범 맨 뒷장의 흑백사진 속에는 축구 유니폼을 입고서 폼을 잡고 있는 11명의 선수들이 있는데, 그 가운데 내 모습이 당당히 자리하고 있다.

베를린에 도착하자 아들은 숙소에서 가까운, 유럽에서 최고 크다는 동물원에 가자고 한다. 동물원에 입장하여 호랑이, 사자, 코끼리, 곰, 원숭이 등 야생동물을 본다. 마치 내가 어린아이가 되어 아들에게 이끌려온 기분이다. 아들이 초등학교 입학하기 전에 부산의 어느 동물원에 딱 한 번 같이 간 적이 있다. 아들을 키우면서 많은 것을 보여주어야 했는데 직장생활이 바쁘다는 핑계로 그러지 못한 게 미안할 따름이다.

베를린은 현재 곳곳에 타워 크레인이 설치되어 도시 건설에 한창인 모습이다. 무너진 베를린 장벽을 보며 우리나라도 하루 빨리 남과 북이 하나가 되었으면 하는 바람이 더욱 간절해진다.

베를린 장벽을 뒤로하고 나오는데 고급 차의 대명사인 벤츠 전시장이 보인다. 한국 돈으로 1억 이상은 할 것 같은 벤츠 앞에서 마치 내 차인 양 멋진 자세를 취하며 사진 한 장 찍는 것으로 만족한다. 이곳은 한국에서 부의 상징이기도 한 벤츠, BMW, 아우디 같은 차량들이 도로 전체를 누비고 다닌다. 내가 그토록 갖고 싶어 했던 벤츠가 여기서는 전부 영업용 택시로 이용된다.

독일 베를린 '벤츠 전시장'

벤츠도 그냥 차일 뿐이다.

아들이 말한다.

"아버지, 나중에 돈 많이 벌면 벤츠 하나 뽑아드릴게요."

그러나 내게는 이미 돈 주고도 살 수 없는

걸어다니는 벤츠 '아들'이 있다.

독일 '베를린 대성당'

#011

미래의 며느리

2015. 8. 31.~2015. 9. 3. 덴마크

낙농의 나라 그리고 동화의 아버지라 불리는 안데르센이 태어난 나라. 이 정도가 덴마크에 대해 내가 알고 있는 바이다. 덴마크는 세계에서 가장 살기 좋은 나라 중 하나이고 동시에 국민 행복지수 역시 세계 최고란다. 그런데 지하철 한 번 타는 요금이 4,300원, 한식당에서 된장찌개 한 그릇이 30,000원이나 할 정도로 물가가 장난 아니다. 웬만한 수입으로는 이곳에서 살지도 못하겠다.

코펜하겐의 명동거리라 불리는 스트로이에 거리를 걷는데 바로 앞에 119구급차량이 서 있고 사람들이 모여 있다. 가까이 가보니 건물 외벽 꼭대기에 임시로 설치한 보수용 비계가 통째로 아래로 떨어져 지나는 행인을 덮쳤단다. 부상이 심각해 보인다. 바로 조금 전에 일어난 사고다. 만약 나와 아들이 이곳을 지나치는 순간에 보수용 비계가 떨어져 우리를 덮쳤다면, 하는 생각을 하니 순간 아찔하다. 건물 꼭대기에서 떨어지는 물건에 맞아

덴마크 '뉘하운 항구'

다치는 사고라니 정말 기가 막힐 일이다. 하늘을 보며 걸을 수는 없잖은가 말이다. 앞으로는 여행하며 어느 나라를 가든 건물 외벽에 설치된 보수용 비계 밑으로는 절대 가지 말아야 한다는 교훈을 얻었다. 내가 회사 다닐 때 일어났던 끔찍한 안전사고에 대해 아들에게 잠시 이야기해준다.

내가 담당한 업무가 바로 고소 작업용 비계였다. 높은 곳에서 진행되는 비계 설치 작업은 아주 위험한 일이었고, 직장생활을 하면서 받은 가장 큰 스트레스 중의 하나가 바로 안전사고였다. 퇴직 후 현재 세계여행을 하고 있음에도 불구하고 예전의 업무 습관 때문인지 잠이 들면 조선소 현장을 돌아다니며 안전 점검을 하는 내 모습이 자주 꿈에 나타난다.

코펜하겐의 상징인 예쁜 인어공주 상 앞, 아들은 활짝 웃으며 인어공주를 배경으로 사진을 찍어달라고 한다. 아들은 어려서부터 인어공주를 좋아했다. 이제 막 군대를 제대한 혈기 왕성한 젊은이인 우리 아들은 이상형이 따뜻하고 속 깊은 여자란다. 또래 나이의 청년들처럼 외모나 몸매만 보고 판단하는 아이는 아닌 것 같아 다행이다.

참한 며느리는 천만근의 황금보다 귀하다.

결혼은 그 어떤 것보다 중요하다는 걸

아들이 꼭 깨달았으면 좋겠다.

네 엄마처럼 생활력 강하고 미소가 예쁜 여자를 만나렴.

#012

복 많은 국민

2015. 9. 4.~2015. 9. 7. 노르웨이

코펜하겐에서 노르웨이 오슬로로 가는 대형 크루즈에 승선한다. 지난 3월에 예약해서 아주 싸게 표를 샀다고 아들이 은근히 자랑한다. 아들은 이번 세계여행에 들이는 경비를 최대한 줄이기 위해 많이 노력한다. 여행 경비를 꼼꼼하게 관리하는 아들을 보니 경제관념이 잘 잡혀 있는 것 같아 마음이 놓인다.

울산 현대중공업에서 근무한 나는 30만 톤 초대형 유조선을 하루에도 몇 번씩 오르내려봤기에 웬만한 크기의 배를 봐선 별 감흥이 없다. 하지만 이런 대형 크루즈선 탑승은 처음이다. 크루즈선에서 저녁 식사를 마치고 선미 상갑판에 올라와보니 까무잡잡한 브라질 여인네들이 여러 명 어울려 사진 찍느라 정신이 없다. 그 여인들이 나에게 사진을 찍어달라 부탁한다. 내친김에 나도 브라질 여인네들 사이에 끼어 아들에게 사진 한 장 찍어달라 말한다. 말은 통하지 않지만 보디랭귀지는 세계 어디서나 다 통하는 법이다. 미동도 없이 바다 위를 달리는 크루즈

노르웨이 '베르겐'

선 상갑판에서 아들과 함께 저녁노을을 배경으로 맥주 캔을 부딪치며 큰 소리로 브라보를 외친다. 시원한 바닷바람에 기분이 좋아진다.

밤을 새워 소리 없이 바다 위를 달려온 크루즈선은 이른 아침 노르웨이 수도 오슬로 항구에 정박한다. 오슬로에서 베르겐까지 버스로, 기차로, 페리로 이동하는 여행은 정말이지 환상 그 자체다. 빼어난 자연 경치에 탄성이 절로 터진다. 페리를 타고 피오르드를 감상할 때는 이곳 전체를 통째로 한국으로 옮겨 놓고 싶다는 생각이 간절하다. 아들은 연신 카메라 셔터를 눌러댄다. 다시 태어날 수 있다면 노르웨이에서 태어나고 싶다. 좋은 복지 제도에 이처럼 멋지고 아름다운 자연까지 품고 사는 노르웨이 국민이 갑자기 부럽고 샘이 난다. 이런 나라에 태어나는 것도 대단히 큰 복 중 하나이리라.

하지만, 이렇게 세계일주를 다닐 수 있는 우리 부자도
복 많은 국민이다.

#013

오로라는 어디에

2015. 9. 7.~2015. 9. 13. 아이슬란드

영국을 시작으로 13번째 나라 아이슬란드에 왔다. 대한민국 면적과 비슷한 나라에 고작 33만여 명의 인구가 사는 아이슬란드가 지구 위 어디에 위치해 있는지도 사실 몰랐다. 아이슬란드는 함께 근무했던 여직원의 강력 추천으로 오게 된 나라다. 아! 그런데 이 나라에 오지 않았다면 땅을 치고 후회했을 것 같다.

아이슬란드에 도착하자 아들은 공항에서 얼마 떨어지지 않은 렌터카 사무소에 가더니 소형차 하나를 렌트한다. 이 소형차로 우리 부자는 아이슬란드 동서남북을 종횡무진 누비고 다닌다. 차를 몰고 시내로 들어오는데 동쪽 하늘에 일곱 색깔 무지개가 피어 있다. 실로 오랜만에 보는 무지개다.

내가 본 폭포 중 가장 큰 폭포인 굴포스를 구경하는 것으로 아이슬란드 여행을 시작한다. 약 10분 간격으로 땅속에서 뜨거운 물이 하늘로 솟구치는 게이시르 간헐천, 스카프타펠의 검은 빙하, 요쿨살롱의 하얀 빙하, 크라플라 화산지대, 뮈바튼 유황온

천, 블르라곤 온천 등 아이슬란드는 어딜 가든 신비롭다. 하루 종일 운전해도 신비한 자연환경에 도취되어서인지 전혀 지루하지 않다. 만약 내가 다시 결혼한다면 신혼여행은 아이슬란드로 올 것이다. 사랑하는 여인과 단둘이 여행하기에는 더없이 좋은 곳이다. 아들에게도 신혼여행으로 이곳에 오라고 했더니 서슴없이 좋다고 한다. 누구든 보는 느낌은 비슷하다.

6박 7일 동안 아들과 번갈아 운전하며 참으로 많은 이야기를 나눈다. 한국의 베이비붐 세대 아버지들은 자식과 대화할 시간이 거의 없었다. 공업인의 기수를 외치며 너나없이 낮이고 밤이고 공장에서 일만 했다. 그래야 먹고 살 수 있었다. 그래서 오늘의 대한민국이 있는지도 모른다. 아들은 회사를 그만두고 여행을 떠나온 아버지가 무척이나 걱정되는 모양이다. 나는 늘 아들을 걱정하며 살았는데 이제는 아들이 아버지를 걱정한다. 지금 아들은 여행 끝내고 한국에 돌아간 이후를 걱정하고 있는지도 모른다. 취업이며 결혼 문제로. 아들아 걱정하지 마라, 산 입에 거미줄 치겠느냐?

아이슬란드를 여행하면서 한 가지 아쉬운 점이 있었다면, 이른 저녁 시간부터 새벽이 올 때까지 추위에 떨며 긴 시간을 기다렸건만 끝내 밤하늘의 오로라를 보지 못했다는 것이다. 하늘을 초록으로 물들이는 아름다운 오로라는 과연 어디로 간 걸까?

아이슬란드 '에질스타지르'로 가는 길 위에서

아! 우리를 외면한 오로라.

죽기 전에 아이슬란드에 다시 한 번 오라는 뜻인가 보다.

(DENMARK)
Baffin Bay
Norwegian Sea
Davis Strait
Denmark Strait
ICELAND
NORWAY
Hudson Bay
Labrador Sea
North Sea
GERMANY
FRANCE
NORTH ATLANTIC OCEAN
SPAIN
ATES
ALGERIA
Gulf of Mexico
MAURITANIA
MALI
NIGER
SENEGAL
Caribbean Sea
BURKINA FASO
GUINEA
BENIN
NIGERIA
COTE D'IVOIRE
TOGO
GHANA
VENEZUELA
GUYANA
COLOMBIA
ECUADOR
PERU
BRAZIL
BOLIVIA
PARAGUAY
SOUTH ATLANTIC OCEAN
URUGUAY
ARGENTINA

#014

부모님과 함께 왔었더라면

2015. 9. 13.~2015. 9. 20. 캐나다

북미 대륙의 첫 여행지 캐나다 벤쿠버. 꼭 한번 보고 싶었던 로키산맥 투어를 위해 왔다. 로키산맥 투어 1일차, 아들과 나를 태운 버스는 세계에서 가장 아름답다는 캐나다 1번 국도를 달리고 있다. 하얀 눈이 덮여 있는 로키산맥의 절경이 파노라마처럼 끝없이 이어진다. 과연 세계에서 가장 아름다운 도로답다.

아름다움의 극치를 보여준다는 루이스 호수에 도착해서 가만히 호수를 바라보고 있자니 돌아가신 아버지, 어머니가 갑자기 생각난다. 1908년에 태어나 1981년에 돌아가신 아버지, 1915년에 태어나 1998년에 돌아가신 어머니. 부모님은 살아생전 단 한 번도 해외여행을 가신 적이 없다. 해외여행이 힘든 시절이긴 했지만 어머니라도 해외여행 한번 못 보내드린 게 뼈에 사무친다. 나는 이렇게 아들과 세계여행을 하고 있는데 말이다. 부모님은 돌아가시고서 여태 한 번도 꿈에 나타난 적이 없다. 아마도 당신의 손자, 손녀들과 무탈하게 잘 살고 있는 모습을 하

캐나다 '로키산맥' 투어 중

늘에서 지켜보고 계시기에 그런 건지…… 돌아가신 후 꿈에 나타나면 좋지 않다고 하지만 그래도 꿈에서라도 한번 뵙고 싶다. 어머니, 아버지가 그리울 때는 지금도 두 분 환갑 때 찍은 사진을 꺼내서 본다. 어느덧 나도 환갑이 다 됐다. 먼 훗날 내 아들도 아버지랑 여행하던 때를 생각하며 그리움에 눈물 흘리리라.

술을 무척이나 좋아했지만 마음만은 한없이 너그러웠던 내 아버지. 일제강점기와 6.25 전쟁을 겪으며 나를 끝으로 8남매를 낳아서 키우느라 고생만 했던 내 어머니.

지금의 내 아들이 내게 하는 것만큼 내 부모님께 해드리지 못했다는 생각에 돌아가신 아버지, 어머니가 이 멋진 캐나다 루이스 호수에서 더욱 사무치게 그리워진다. 같이 올 수 있었다면 얼마나 좋았을까?

세계여행을 끝내고 한국에 돌아가면
제일 먼저 고향 부모님 산소로 달려가 술 한잔 올려야겠다.
아들과 함께.

#015

아프지 마라

2015. 9. 21.~2015. 10. 3. 미국

초등학교 시절이다. 학교 운동장에 헬기가 착륙하더니 군복 입은 노랑머리 미국인 여러 명이 내린다. 태어나서 처음 보는 외국인이다. 그 당시 산골 농촌 마을에서 외국인을 마주치기란 정말 쉽지 않은 일이었다. 순식간에 동네 여기저기서 어른이나 아이 할 것 없이 모두 몰려들어 노랑머리 미국인 뒤를 졸졸 따라다닌다. 그때 미군한테서 얻은 캔을 따 그 안에 든 전투 식량을 정신없이 먹었던 기억은 오랜 세월이 지난 지금도 생생하다. 아무튼, 미국은 태어나서 처음으로 알게 된 외국 국가 이름이었던 데다 내겐 언제나 가보고 싶은 나라 1순위였다. 난 아직도 한국에서 노랑머리 외국인을 보면 우선 미국인이라 생각한다.

그랬던 내가 드디어 미국 LA에 입성했다. 유니버셜 스튜디오, 헐리우드 거리를 구경하고 저녁에는 LA 다저스 홈구장에서 메이저리그 야구 경기를 관람한다. 한국에선 야구장이란 델 가본 적도 없는데 미국에서 야구 구경을 다 한다.

미국 LA '다저스 스타디움'

로스앤젤레스를 떠나 도착한 라스베이거스. 이곳은 카지노로 유명한 도시답게 일확천금을 노리는 사람들로 밤이고 낮이고 인산인해를 이룬다. 우리 부자도 일확천금의 행운을 기대하고 카지노장에 입장한다. 카지노는 생전 처음이다. 슬롯머신에서 큰 것이 터졌는지 어디선가 환호성이 들린다. 나는 근본적으로 화투나 카드놀이를 싫어한다. 매일같이 신문의 사회면을 장식하는 주요 사건 사고의 원인은 십중팔구 돈에 얽혀 있다. 살면서 필요한 돈은 과연 어느 정도면 충분한 것일까?

욕심을 부리자면 끝이 없다. 만약 내가 로또에 당첨된다면 그 즉시 세계여행을 떠날 거라고 평소 지인들에게 말하곤 했다. 로또 복권을 사지도 않으면서 말이다. 돈이 없다면 지금의 이 여행이 어림도 없겠지만, 나는 퇴직금을 은행에 정기예금으로 넣지 않고 그 돈으로 아들과 함께하는 세계여행을 선택했다. 사람 나고 돈 났지 돈 나고 사람 난 것은 아니기에. 절대 후회하지 않을 선택이라 자부한다.

아들은 하루하루 여행 일정을 매일 아침 식사 때 내게 자세히 설명해준다. 그런데 아들이 그동안 피로가 쌓여 몸살이 났는지 안색이 안 좋아 보인다. 여행 일정 잡아야지, 일기 써야지, 숙소 예약해야지, 아버지 음식 챙겨야지, 이 모든 일을 혼자 소화해내느라 그간 많이도 힘들었을 게다. 나라면 못했을 일들이다.

아들아! 아버지는 괜찮으니 나를 위한다고 너무 무리하지 마라. 절대 아파서는 안 된다.

#016

영원한 숙제

2015. 10. 3.~2015. 10. 10. 멕시코

1983년 6월 제4회 세계 청소년 월드컵 대회에서 박종환 감독이 이끄는 한국 대표팀은 불굴의 투지로 4강에 올랐고, 한국에선 많은 국민들이 TV 중계를 지켜보며 응원을 하느라 새벽잠을 설쳤다. 그 당시 경기가 치러진 바로 그곳, 나는 지금 멕시코에 있다.

멕시코 공항에 도착하고 보니 이곳은 외교부에서 명시한 '여행 유의지역'이란다. 도심 곳곳에는 무장 경찰들이 배치되어 있는데 심지어 스타벅스 커피점 입구에도 무장 경찰이 있다. 피라미드 유적지 테오티우아칸을 가기 위해 버스를 타고 이동하는 중 무장 경찰이 버스에 올라 검문검색을 한다. 1970, 80년대 우리나라에서도 고속버스나 시외버스를 타면 경찰들이 검문검색을 했던 기억이 떠오른다.

아들은 여행하는 동안 나의 안전을 위해 정말 많이 노력한다. 그런 마음을 알기에 나도 아들이 걱정하지 않도록 최대한 신경

멕시코 칸쿤

쓰고 있는데, 아들은 어떻게 생각하고 있는지 모르겠다. 세계여행을 하는 동안 매일 24시간을 같이 있어야 하는데 아무리 부자지간이라도 갈등이 생길 수밖에 없다. 만에 하나 그런 갈등으로 세계여행을 포기해야만 하는 슬픈 일이 일어나기라도 한다면…… 여행을 하면서 부자지간에 마음의 앙금이 쌓인다면 세계일주를 안 하느니만 못할 것이다. 아버지인 내가 더 조심할 수밖에 없다.

피라미드 유적지인 테오티우아칸, 아들이 말하기를 테오티우아칸은 죽은 인간이 신이 되는 장소라고 한다. 과연 신은 존재하는가, 잠시 생각에 잠긴다. 인간은 누구나 죽음을 두려워한다.

나 역시 죽음 앞에 초연할 자신이 없다. 사랑하는 가족, 형제, 친구와 영원히 헤어지는 것이기에 그렇다. 하지만 영원히 살고 싶은 욕심은 없다. 때가 되면 죽어 흙이 되는 것이 자연의 이치이기 때문이다. 죽음 뒤의 세계는 나에게 영원한 숙제다.

멕시코시티에서의 마지막 밤, 조용한 바에서 아들과 맥주 한잔하고 있는데 우리 옆에서 외국인들이 다트 경기를 하고 있다. 아들은 어디를 가든 낯선 사람들과 잘 어울려 즐기는데 나는 성격상 그게 잘 안 된다. 나도 화살을 한번 던져보고 싶은데 역시 마음뿐이다. 이번 여행을 통해 자신감 없는 이런 나의 성격도 바꿔보고 싶다.

앞으로

삶에 어떤 미련이나 작은 후회도 남기고 싶지 않다.

#017

남자야? 여자야?

2015. 10. 10.~2015. 10. 13. 쿠바

내가 근무했던 울산 현대중공업 정문 앞에 있는 현대호텔 지하에 가면 하바나(Habana) 클럽이 있다. 그 '하바나'가 바로 쿠바의 수도 이름이었다는 걸 이제야 알게 됐다. 그런데 쿠바 공항에서 숙소까지 택시를 타고 오며 바라본 바깥 풍경은 마치 얼마 전에 전쟁을 치른 도시 같다. 건물과 집들은 곧 쓰러질 듯 위태로워 보이고, 도로를 달리는 차들은 폐차 직전의 상태 같은데 굴러가는 것 자체가 신기할 정도다. 하바나는 살아 있는 자동차 박물관이다. 아마도 쿠바 사람들은 모두 자동차 정비의 '달인'이지 싶다. 나의 첫 차이자 내가 지금껏 애지중지 타고 다니는 94년산 엘란트라가 이곳에선 VIP 대접을 받을 것 같다.

한낮, 생음악이 흘러나오는 노천카페에서 시원한 맥주를 마시고 있는데 남잔지 여잔지 구분이 안 가는 어떤 이가 요상한 춤을 추면서 다가와 살포시 내 무릎에 앉는다. 그가 '게이'라고 아들이 말해준다. 난생처음 보는 게이, '그'라고 해야 할지 '그

녀'라고 해야 할지, 나를 바라보는 그 눈빛이 살아 있다. 징그럽다는 생각에 외면하려고 얼른 팁을 주니 살짝 미소를 보이며 일어나 다시 춤을 춘다. 직업도, 살아가는 방법도 참 다양한 세상이다.

1950년 미국산 올드카를 타고 하바나의 대표 명소인 말레꼰 해변 도로를 달리며 쿠바를 가슴에 담는다. "쿠바는 시간이 멈추어진 도시"라고 누군가 말했다. 진짜 그렇다. 아들은 시간이 멈춘 도시 하바나가 매력적이라서 좋단다. 나는 전혀 아닌데.

하바나에서의 마지막 밤, 쿠바의 대표 칵테일 '모히토'를 한 잔씩 나누며 우리 부자는 시간이 멈춰진 이 도시와 작별한다. 갑자기 이상하게도 어제 낮에 본 게이가 생각난다.

시간이 멈춰진 듯한 도시,

쿠바가 오래도록 기억에 남을 것 같다.

쿠바 하바나의 어느 노천카페에서

#018

세상에서 가장 아름다운 여자

2015. 10. 14.~2015. 10. 18. 콜롬비아

본격적인 남미 여행의 시작이다. 그런데 남미의 마약 사건과 총기 사고를 TV를 통해 자주 봐서인지 아들과 나는 일단 불안과 걱정이 섞인 마음으로 여행을 시작한다. 조금 긴장을 하고 거리를 걷는데 지나던 젊은이가 갑자기 내 어깨를 손으로 툭 친다. 무슨 일인가 깜짝 놀라 돌아보니 미소와 함께 엄지를 치켜들며 반가움의 표시를 한다. 이곳 치안에 대한 염려는 역시 괜한 우려였다. 어디를 가나 한국에서 온 우리 부자를 반갑게 맞아준다. 어떤 나라를 가든 사람들은 하나같이 다 착하다. TV에 나오는 사건 사고와 같은 불미스러운 일은 극히 일부에 불과하다.

콜롬비아의 경제 도시인 메데진 시내 도로를 달리는 영업용 택시 대부분은 반갑게도 한국산 소형차다. 우리나라도 소형 택시를 운영하면 에너지 절감에 많은 도움이 될 것 같다. 길을 걷는데 젊은 여성이 다가와 "Where are you from?" 하고 묻는다. 아들이 재빨리 "South Korea."라고 답한다. 근데 까무잡잡한 얼

굴이 몹시 미인이다. 콜롬비아에는 유독 미인들이 많다. 이들은 우리나라 웬만한 연예인들 이상의 미모를 뽐낸다. 아들이 나를 쳐다보며 콜롬비아 여자와 결혼하고 싶다고 말한다. 하지만, 나는 아직 보수적이라 그런지 외국 며느리는 좀 그렇다. 신토불이가 최고다.

메데진 외곽에 있는 구아타페 마을로 가는 버스를 타고 지나는데 축구장이 많이 보인다. 축구 강국답게 어린아이들의 발재간이 예사롭지 않다. 구아타페 마을에서 가까운 엘 빼놀에는 세상에서 가장 아름다운 경치를 볼 수 있는 큰 바위가 있다. 바위 입구에는 말 그대로 "Welcome to the rock the best view in the world"라고 적혀 있다. 꽤나 가파른 500계단을 밟고 걸어올라 바위 꼭대기에서 본 호수의 경치는 과연 일품이다. 같이 왔으면 너무 좋아했을 우리 마누라가 생각난다.

세상에서 가장 아름다운 여자는 누구일까?

바로 내 아들을 낳아준 내 마누라다!

콜롬비아 메데진 '엘 빼놀' 정상에서

콜롬비아 보고타

#019

생일

2015. 10. 18.~2015. 10. 24. 페루

숨겨진 잉카도시 마추픽추에 가기 전 페루의 수도 리마에 잠깐 들른다. 잊고 있었던 나의 생일을 리마에서 아들이 챙겨준다. 중학교에 입학하고부터 고향 부모님 곁을 떠나 도시에서 생활했던 나는 생일을 제대로 챙기지도 않았을뿐더러 생일 같은 것에 별 관심도 없었다. 어머니와 함께 살았다면 어머니는 내 생일을 잊지 않고 아침상을 차려주셨으리라. 지금은 마누라가 잊지 않고 챙겨주지만, 정작 내 생일보다 마누라는 자기 생일 놓칠세라 어찌나 신경을 쓰는지 한 달 전부터 선물 타령이 이만저만이 아니다. 그래서 마누라 생일은 애써 기억하려 하지 않아도 자동으로 알게 된다. 앞으로 나는 우리 가족 생일만큼은 반드시 챙기려 한다. 자리를 마련하여 생일 케이크에 촛불을 밝히고 축하 노래도 함께 부를 것이다. 나 아닌 다른 사람의 특별한 날을 기억해준다는 건 즐거운 일이다.

쿠스코에 도착하니 어떤 이유인지는 모르겠으나 많은 시민들

페루 쿠스코

이 도로에 모여 농성을 하고 있다. 그래서 마추픽추로 가는 열차를 타기 위해 올란타이탐보 역까지 이르는 데 많은 어려움을 겪었다. 게다가 올란타이탐보 역에서 마추픽추행 열차를 타고 가는 도중 열차 고장으로 4시간이나 연착한다. 급기야는 종착역인 아구아스 깔리엔떼스 역 도착 몇 분 전에 열차가 또 고장 나 꼼짝을 하지 않는다. 아들은 멈춰 선 열차에서 내리더니 열차 레일을 따라 전속력으로 뛰기 시작한다. 나도 아들을 따라 영문도 모른 채 정신없이 뛰어가 드디어 아구아스 깔리엔떼스 역에 도착한다. 사람들은 역 바로 앞에서 대기하고 있는 버스를 타고 있었다. 우리도 잽싸게 버스에 오른다. 마추픽추로 가는 오늘의 마지막 버스다. 버스에 올라타니 숨이 턱까지 차오른다. 아들의 순발력으로 다행히 마추픽추에 해질 무렵 도착한다. 내일은 볼리비아로 떠나는 날이라 오늘이 아니면 마추픽추를 볼 수 없는 것이다.

해발 2,400미터 높이에 있는 잉카 유적의 보물 마추픽추를 보는 순간 아들이 왜 그토록 나와 함께 이곳에 오기를 원했는지 알 것 같다. 아들은 여행지마다 내게 보여줄 곳은 반드시 가고야 만다. 그 누구도 아들의 가는 길을 막지 못한다.

아들이 언제 이렇게
자신감 넘치고 야무지게 자랐는지 모르겠다.
다행이다, 자신감 있는 성격이 나와는 달라서.

#020

원수 같은 부자지간

2015. 10. 24.~2015. 10. 27. 볼리비아

내가 태어난 충청북도는 우리나라에서 유일하게 바다가 없는 지역이다. 그래서 초등학교 수학여행 때 인천에 가서 처음 바다를 보았고 바닷물이 진짜 소금처럼 짠지 그때 처음으로 맛을 보았다. 그리고 바닷물로 소금을 만든다는 사실도 직접 확인했다.

볼리비아의 행정수도 라파스를 거쳐 볼리비아 우유니 소금사막에 도착했다. 지금 밟고 서 있는 발밑의 땅은 흙이 아니고 모두가 소금이다. 조그마한 덩어리를 입속에 넣고 맛을 보니 진짜 소금이 맞다. 우리나라 강원도 면적만큼 된다는 사막의 소금 두께가 무려 1미터 이상 된다고 하니 그저 신기할 뿐이다. 죽기 전에 꼭 봐야 한다는 우유니 소금사막을 아들과 함께 보았기에 나는 이제 죽어도 여한이 없으리라. 소금 한 조각을 주워서 주머니에 슬쩍 넣는다.

우유니 소금사막 한가운데는 어부의 섬이라 불리는 조그마한 동산이 하나 있는데 동산 전체가 선인장이다. 이곳 분위기에 선

인장은 전혀 어울리지 않는다. 하지만 자연은 전혀 어울리지 않는 것을 어울리게 만드는 마력을 지니고 있다. 소금사막에는 건물 전체를 모두 소금으로 만든 소금호텔도 있다. 침대도 소금으로 만들었단다. 어느덧 해 질 무렵이다. 해가 떨어지는 서쪽 하늘의 붉은 노을은 우유니 소금사막의 분위기를 최고조로 만든다.

저녁에는 오늘 하루 소금사막 투어를 같이 했던 한국인 모녀 3명을 우연히 만나 식사를 함께 했다. 한국에서 가져온 고추장과 김치를 건네주는데 맛있어서 눈물이 날 지경이었다. 여행은 남녀 구분 없이 그리고 나이가 많고 적음에 관계없이 서로를 금방 친숙하게 만든다. 여행 중 한국 사람을 만나면 우리 부자는 항상 부러움의 대상이 된다. 아들 하나 잘 키웠다는 칭찬부터 시작해서 다 큰 아들이 어떻게 오랫동안 아버지와 함께 여행을 할 수 있는지 대단하다는 것이다. 그러면서 자기네는 아들과 아버지가 거의 원수(?)처럼 지낸다고 하소연을 한다.

아들이 고등학교 다닐 때까지만 해도 엄하게 다스렸다. 가정의 질서는 아버지인 내가 지켜야 한다는 생각에 조금이라도 내 기준에 어긋나면 호통을 치곤 했다. 그러면 그럴수록 아들이 내게서 멀어져가는 것을 느꼈지만 그래도 나는 변하지 않았다. 아들이 대학교에 입학하며 집을 떠나 타지 생활을 할 즈음부터 이 아이도 이제 성인이 되었다는 생각에 통제하는 마음을 접었다. 그런 나를 두고 아들과 딸은 아버지가 많이 변했다고 한다.

바닷물이 소금으로 변하듯

이 세상 모두는 조금씩 변해간다.

볼리비아 '우유니 소금사막'

볼리비아 '우유니 소금사막'

#021

이구아수 폭포

2015. 10. 27.~2015. 11. 1. 브라질

브라질 상파울루는 남미의 부자 도시답게 높은 빌딩이 숲을 이루고 있다. 꼬빤 빌딩, 헤뿌블리까 광장, 11월 15일 거리, 성 벤투 성당, 쎄 광장, 청과물 시장, 동양인 거리 등을 아들과 함께 하루 종일 걸으며 상파울루 분위기에 흠뻑 젖는다. 거리에 노숙자와 구걸하는 사람들이 많이 보인다. 1960년대 후반 내가 초등학교를 다니던 시절엔 영하의 추운 겨울, 입을 옷이 없어 러닝셔츠와 팬티만 입고 학교에 오는 친구가 있었는가 하면, 부모가 자식을 학교에 보내지 않고 농사일을 시키는 집도 있었다.

인간에게 먹고 자는 문제만큼 더 절실한 것이 또 있을까? 결혼 후 아내와 자식들한테만큼은 의식주 부족으로 인한 고통을 주기 싫어 단 한 번도 한눈팔지 않고 한 직장에서 열심히 일했다. 그 덕에 지금 아들과 함께 세계여행을 하는 기쁨을 누리고 있는지도 모르겠다.

세계 3대 폭포 중 하나인 이구아수 폭포 앞에 서 있다. 브라

브라질 '이구아수 폭포'

질에 온 목적이기도 하다. 폭포의 장엄함에 감동해서 한동안 발이 떨어지지 않는다. 보고 또 봐도 멋지다. 이구아수 폭포를 보기 전까진 아이슬란드에서 본 굴포스 폭포가 내가 본 폭포 중에 가장 큰 폭포였다. 하지만 굴포스 폭포는 이구아수 폭포에 비하면 폭포도 아니고, 제주도 정방폭포는 그저 물줄기 수준일 뿐이다. 여행을 끝내고 한국에 가면 지인들에게 이구아수 폭포를 보기 전에는 폭포 이야기일랑 꺼내지도 말라고 유세해야겠다. 이구아수 폭포에서 떨어지는 물보라가 안경 시야를 가려 앞서 걸어가는 아들을 따라가기 힘들다. 이러다 저 밑의 폭포 바닥으로 떨어지는 게 아닌가 두렵기도 하다. 이구아수 폭포를 보기 위해 전 세계에서 몰려든 관광객으로 폭포 주변은 발 디딜 틈이 없다. 세계일주를 하며 다시 한 번 절실히 느낀다. 고대 유적, 예술 작품, 건축물 등 인간이 만들어낸 창조물도 대단하지만 그보다 더 큰 감동을 선사해주는 것, 자연이 있음을.

인간의 감각을 넘어서는 자연의 웅장함은
그 무엇보다 위대하고 아름답다.

#022

부전자전

2015. 10. 31.~2015. 11. 3. 아르헨티나

버스를 타고 브라질 국경을 넘어 아르헨티나 쪽 이구아수 폭포에 왔다. 브라질 이구아수 폭포가 남성적이라면 아르헨티나 이구아수 폭포는 여성적인 느낌이다. 우리나라에도 이런 폭포 하나쯤 있으면 얼마나 좋을까? 여행하며 멋진 자연 경치를 마주할 때마다 한국에도 이런 멋진 경관이 있으면 좋겠다는 생각이 자꾸 든다.

이구아수 폭포를 뒤로하고 아르헨티나의 수도 부에노스아이레스에 도착. 플로리다 거리, 산마르띤 광장, 5월 광장, 대통령궁, 국회의사당, 데펜사 거리, 레꼴레따 묘지, 나시오네스 우디다스 광장, 일본 정원 등을 아침부터 저녁까지 쉬지 않고 걸어서 다녔다. 나는 대중교통을 이용하는 것보다 도란도란 이야기를 나누며 아들과 함께 걷는 것이 훨씬 좋다.

"깜비오? 깜비오?" 부에노스아이레스의 중심, 플로리다 거리를 걷는데 달러를 아르헨티나 돈으로 환전하라는 소리가 계속

아르헨티나 부에노스아이레스 '라 보까'

들린다. 아들 말에 의하면 이곳 은행에서 달러를 페소로 바꾸는 것보다 거리에서 환전하는 편이 훨씬 더 이율이 높단다. 국가 부도 위기까지 왔던 아르헨티나는 아직 경제 위기에서 벗어나지 못한 모양새다. 국가 지도자를 잘 뽑아야 하는 것은 세계 어느 나라든 매우 중요한 일이다.

라보까 거리에서는 원조 탱고의 나라답게 젊은 남녀가 열정적으로 탱고 춤을 추고 있다. 1987년 제주도로 신혼여행을 갔을 때 제법 몸무게를 자랑하던 마누라를 번쩍 들려다 힘에 부쳐 함께 뒤로 벌러덩 넘어졌던 적이 있다. 그런 마누라와 함께 탱고를 추면 어떤 모습일까 생각하니 갑자기 웃음이 새어나온다. 아들이 왜 웃는지 묻는다. "엄마랑 탱고 춤을 추고 싶어서."라고 했더니 아들도 웃는다. 1977년도 고등학교 졸업 후 친구들과 함께 담배 연기 가득한 나이트클럽에서 밤이 새도록 온몸을 흔들며 신나게 고고 춤을 추었던 기억도 슬금슬금 난다.

아들이 고등학교 때 수능 시험을 끝내고 어느 날인가 밤늦도록 술을 마시고 집에 친구들을 몰고 와 잠을 잔 적이 있다. 내가 자고 있을 때 들어왔으므로 아침에서야 그 사실을 알았다. 아침에 아들 방문을 열어보니 좁은 방에 친구들 서너 명이 술 냄새를 풍기며 정신없이 자고 있는 거다. 뭐하는 짓이냐며 큰 소리로 호통을 쳤더니 술에 취해 자던 아들 친구 녀석들이 놀라 일어나 도망치듯 우리 집을 빠져나갔다. 하지만 난 그러고 나서 후회를 참 많이 했다. 나 역시 고등학교 졸업 후 아들과 똑같이 친구들과 밤새도록 술을 마셔놓고 아들한테는 그 난리를 피웠으니 말이다.

부전자전이라고 아들은 아버지를 닮는다고 하던데…… 아들에게 슬그머니 일러둔다. 이다음에 결혼해서 자식을 키우다가 행여 그런 상황이 벌어지거든 해장국까지 먹여 보내라고. 아들도 그때 일을 생생히 기억하는지 씨익 웃는다. 꽉 막힌 꼰대 같은 아버지 밑에서 힘들게 자란 아들이 그런 아버지와 세계여행을 함께해주니 이 얼마나 고마운 일인가? 요즘 아들에게 배우는 것이 많다. 이제는 아들에게 후회할 일은 안 하리라.

사람은 죽을 때까지 후회하며 산다.

#023

탁월한 선택

2015. 11. 3.~2015. 11. 9. 칠레

23번째 여행지 칠레 산티아고에 한국 식당이 있다는 말에 도착하자마자 식당으로 달려가 순두부찌개를 먹는다. 세계여행을 떠나며 한국 음식일랑 잊고 현지 음식을 먹겠다고 호언장담했었다. 하지만 여행을 시작하고 일주일이 채 못 되어 그 결심은 무참히 깨졌다. 한국 사람은 한국 음식을 먹어야 힘이 난다.

산티아고에서 이스터 섬으로 가는 비행기에 오른다. 생각보다 거리가 꽤 되어 이륙 후 6시간이 지나서야 도착했다. 공항을 빠져나오는데 까무잡잡한 얼굴의 중년 여인이 우리 부자에게 다가와 꽃다발을 목에 걸어준다. 중년 여인은 우리가 정한 숙소의 주인아저씨 딸이다.

이스터 섬은 세계 7대 불가사의 중 하나인 모아이 석상이 있는 곳이다. 나는 이스터 섬이 어디에 위치해 있는 줄도 몰랐고 모아이 석상에 대해 들어본 적도 없었다. 평소 여러 가지 지식을 쌓아두지 않은 것이 세계여행을 하면서 가장 후회된다.

칠레 이스터 섬에서 아들 녀석은 바퀴 네 개 달린 AV 오토바이를 빌려 뒷자리에 나를 태우고 섬 구석구석을 종횡무진 신나게 누비고 다녔다. 그런데 내가 모아이 석상을 구경하면서 너무 흥분한 나머지, 누워 있는 석상을 무심코 밟고 올라가는 실수를 저지르는 바람에 다른 관광객들의 눈총을 받게 되었다. 아들이 미리 주의를 주었건만…… 아들은 아버지라서 뭐라 말도 못하고 참고 있는 눈치다. 아들에게 미안하다는 표정을 보낸다.

아들이 말하길 여행 경비 문제로 이스터 섬에 올까 말까 많이 망설였다고 한다. 그런데 이곳에 오지 않았다면 아들에게 무척 많이 아쉬움을 토로했을 것 같다. 돈이야 다시 벌면 된다. 하지만 살면서 좋은 기회는 자주 오지 않는다. 기회는 왔을 때 잡아야 하는 게 진리다. 이곳을 일정에 넣은 건 아주 탁월한 선택이었다. 이스터 섬은 그만큼 멋지고 아름다운 섬이다.

내일이면 이스터 섬을 떠난다. 숙소 앞뜰에서 바다 위 저녁노을을 바라보며 아들과 함께 마시는 위스키 한잔은 말로 표현할 수 없는 기쁨을 안겨준다. 이게 행복이다. 행복은 멀리 있는 게 아니다. 지금 행복하다 느끼면 그게 바로 행복한 삶인 거다. 세계 7대 불가사의 모아이 석상으로 유명한 이스터 섬은 여행을 좋아하는 사람이라도 오기 힘든 곳이라고 한다. 그런데 나는 사랑하는 아들과 함께 이곳에 왔다. 이스터 섬에 아들과 단둘이 온 사람 있으면 어디 한번 나와보라고 큰소리치고 싶다. 나는 세상에서 가장 행복한 사람이다. 아들도 많이 행복했으면 좋겠다.

이스터 섬을 떠나는 아침, 배낭을 메고 숙소를 나오는데 인자하게 보이는 할머니가 이별 선물이라며 조개껍질로 만든 목걸이를 우리 부자 목에 걸어준다.

목걸이를 걸고 새삼 생각한다.

행복은 멀리 있는 게 아니라고.

이 목걸이는 언제까지나 고이 간직하리라.

칠레 '이스터 섬'

칠레 '발파라이소 항구'

#024

편지

2015. 11. 11.~2015. 11. 15. 뉴질랜드

마음 졸이며 시작했던 남미 여행을 무사히 마치고 이제는 오세아니아주 여행을 시작한다. 뉴질랜드 오클랜드 공항에 도착해서 렌터카를 빌려 로토루아 테푸이아 간헐천, 〈반지의 제왕〉 촬영지 호빗 마을, 통가리로 국립공원 등 뉴질랜드 북섬 구석구석을 구경한다. 푸른 초원의 아름다운 경치에 감동한 아들은 차를 운전하며 연신 탄성을 지른다. 기가 막힌 경치에 감동하긴 나도 마찬가지. 그중에서도 하이라이트였던 개똥벌레 서식지 와이모토 동굴에 도착했다. 입장표를 사고 우리 차례가 되어 동굴 안으로 들어가 조그마한 배에 올라탔다. 배에 탄 사람들의 숨소리조차 들리지 않는 고요함 속에 고개를 들어 깜깜한 동굴 천장을 보니 수천수만 마리의 개똥벌레가 불빛을 뿜어낸다. 밤하늘의 은하수와 똑같다. 너무 아름다워 탄성이 터지려는 것을 참고 소리 없는 신음만 낸다.

중고등학교 시절 엄마라고 부르며 펜팔로 편지를 주고받았던

뉴질랜드 '호비튼'

나이 많은 아줌마가 있었는데 바로 뉴질랜드에 살고 있었다. 고등학교 수학여행 때는 후원금도 보내주고 내가 보낸 영문 편지 문장이 틀리면 친절하게 고쳐주던 마음씨 좋은 아줌마였다. 서로 주고받은 많은 편지들을 아주 오랫동안 보관해왔었는데 어느 순간 없어졌다. 그래서 주소며 이름도 기억해낼 수가 없다. 아들은 주소라도 알고 있었으면 꼭 찾아갔을 거라며 몹시 아쉬워한다. 나랑은 워낙 나이 차이가 있었던지라 추측하건대 지금은 고인이 되었으리라.

또 다른 기억도 있다. 고등학교 시절 ≪여학생≫이라는 월간지 맨 뒷장에 있던 펜팔 주소를 보고 무작정 편지를 보내기도 했었다. 물론 답장은 없었지만. 문득 이 아름다운 광경을 담아 누군가에게 편지를 쓰고 싶다는 생각이 든다.

아들이 내게 직접 손 편지를 써서 준 적도 있었다. 유치원에서 초등학교 다닐 때까지만 해도 어버이날과 내 생일에 연필로 "아버지 사랑합니다"로 끝맺는 편지를 여러 번 썼던 것이다. 하지만 사춘기였을 중학생 때부터 더 이상 편지는 없었다. 시간이 지나고 생각해보니, 아들의 사춘기 시절엔 이미 그 시기를 겪어본 내가 먼저 관심과 사랑을 표현했어야 했다. 이번 여행 중에 아들한테 당부의 말을 많이 한다. 내가 아들을 키우며 해주지 못한 것을 네가 이다음에 결혼해서 자식을 키울 때는 꼭 해주라고. 편지는 말로 하기 어려운 내면의 감정을 표현하기에 좋다. 게다가 직접 쓴 손 편지는 감동까지 전해준다.

한국에 돌아가면
소중한 이에게 마음을 담아 쓴 손 편지를 부쳐야겠다.

#025

일심동체

2015. 11. 15.~2015. 11. 19. 호주

호주 시드니 공항에 도착해서 지하철을 타려고 보니 지하철이 1층이 아닌 2층이다. 지하철이 있는 도시에서는 지하철을 이용해 목적지에 갈 수 있어 편리하고 좋았다.

호주에 와서는 캥거루와 코알라를 꼭 봐야 한다고 하길래 시드니에서 제법 멀리 떨어진 코알라 파크에 갔다. 캥거루와 코알라가 보인다. 코알라는 귀여운데 눈이 술에 취한 듯 완전히 풀려 있다. 하루 20시간을 잠만 잔단다. 팔자도 좋다.

나는 워낙 동물을 좋아해 아파트에서 새, 닭, 고양이, 개를 키운 적이 있다. 동물을 키우고 싶어서 일반 주택으로 이사하고 싶을 정도다. 하지만 아쉽게도 마누라는 집에서 동물 키우는 것을 절대 허용하지 않는다. 어쩔 수 없이 이제는 포기했다. 내가 아무리 좋아하는 것이라도 가족 중 어느 한 사람이 싫다고 한다면 내 마음대로 하기가 어렵다. 가족은 무엇보다 소중하기에.

호주 시드니 항구 분위기를 즐기며 바닷가 산책로를 걷는다.

허버 브리지가 보인다. 허버 브리지 꼭대기에는 프랑스 국기가 펄럭인다. IS 테러로 희생된 프랑스 국민을 애도하기 위한 것이다. 호주 대표 명물인 오페라 하우스가 보이기 시작한다. 배가 고팠던 우리는 항구 바닷가 중국 음식점에서 점심을 먹고 IMAX 영화관에 입장하여 〈007 스펙터〉를 감상한다. 자막이 없어 무슨 말인지는 하나도 못 알아들었지만 그냥 이런 여유가 너무 좋다. 늘 긴장 속에 살았던 내가 언제 이런 여유를 즐겼던 적이 있던가? 또한 이번 여행 전에 언제 아들과 단둘이 이런 시간을 가졌던 적이 있던가?

세계여행을 하며 어느 사이에 아들과 나는 친구가 되었다. 아침 잠에서 깰 때도 우리 둘은 침대 위에서 똑같은 자세로 5분 정도 스트레칭을 하고 함께 일어난다. 아침 식사를 할 때도 서로가 좋아하는 것을 알아서 챙겨준다. 이제 아들과 나는 일심동체가 되어 움직인다. 척하면 척이다.

호주를 떠나기 전날 밤이다. 우리 부자는 오페라 하우스와 허버 브리지가 보이는 곳에서 생맥주를 한잔하며 시드니 야경을 즐기고 있다. 아들이 적당히 술을 마실 줄 알아서 나는 참 좋다. 적당한 술은 대화의 꽃을 피우기 때문이다. 게다가 아들은 내가 싫어하는 담배를 피우지 않아서 더욱 좋다.

어느덧 시드니의 밤이 깊어간다.

나와 닮은 혈육이 있다는 것,

정말 행복한 일이다.

호주 '블루마운틴' 투어 중

RUSSIA
ZAKHSTAN
MONGOLIA
KYRGYZSTAN
TAJIKISTAN
CHINA
PAKISTAN
NEPAL
BANGLADESH
INDIA
BURMA
LAOS
THAILAND
CAMBODIA
Bay of Bengal
Philippine Sea
Sea of Japan
Sea of Okhotsk
NORTH
OCEAN
INDIAN OCEAN
AUSTRALIA
Coral Sea
Tasman Sea
Great Australian Bight

#026

결혼

2015. 11. 19.~2015. 11. 23. 인도네시아

자카르타 공항에 도착했다. 그런데 수화물 찾는 곳에서 한참을 기다려도 우리 부자의 배낭이 나오지 않는다. 알아보니 여기 오기 전 환승했던 발리 공항에 우리 배낭이 있단다. 다음 날 자카르타 공항에 다시 와서 배낭을 찾기로 한다. 자카르타 공항이 배낭을 찾는 최종 목적지라는 것을 아들이 공항 직원에게 분명히 몇 번이나 확인했었다. 그런데도 우리 배낭이 아직 발리 공항에 있는 거다. 살면서 누구나 실수를 하기 마련이지만 나는 평소 마누라나 아들, 딸의 사소한 실수에 무척이나 민감하게 반응했다. 자신의 실수에는 관대하고 남의 실수는 인정하지 않는 어리석음을 지금도 범하고 있다. 이번 여행을 통해 그런 내 미흡함을 고쳐보려 한다.

인도네시아 최대 민속 공원인 타만 미니를 둘러보는데 신랑 신부가 많은 축하객들 앞에서 혼례를 치르는 모습이 보인다. 우리 부자를 보더니 반색을 하며 방명록에 이름을 적으란다. 마치

인도네시아 족자카르타 '프람바난 사원'

우리가 특별한 하객인 양 모두가 우릴 쳐다본다. 한 번도 만난 적 없는 그들이지만 행복을 기원하며 젊은 두 남녀의 결혼식을 축하했다.

결혼하는 신부를 보니 예쁘고 착한 내 딸이 보고 싶어진다. 아들과 한 살 터울인 딸아이도 이제 결혼할 나이가 되었다. 딸이 결혼하면 아들이 하나 생기는 셈이라고 기뻐하는 이도 있지만 나는 곱게 기른 딸을 빼앗기는 기분이다. 나만 그런 것이 아니고 내 친구 몇몇도 그런 생각이 든단다. 그래서인지 딸이 남자 친구를 만난다고 하면 은근히 화가 난다. 아빠 외에 다른 남자한테 정을 주는 것이 못마땅하기 때문이다. 하지만 딸을 품에

안고 평생을 함께 살 수는 없는 노릇 아닌가. 당연히 아빠보다 더 사랑하는 남자를 만나 결혼해야 한다. 언제가 될지 모르겠지만 딸이 결혼하는 날 나는 많이 울 것 같다.

해도 후회 안 해도 후회라지만 결혼은 반드시 해야 한다고 생각한다. 하지만 요즘 젊은이들은 경제적인 이유로 결혼을 하지 않거나 시기를 늦추는 경우가 많다고 한다. 결혼하기가 힘든 대한민국이다. '시집 장가는 지들이 알아서 가겠지' 하면서도 나 역시 속으론 자식들 결혼에 얼마나 보태줘야 할지 고민스럽기는 하다. 그럼에도 하루속히 손자, 손녀를 안아보고 싶은 마음이다. 나는 내 손주들을 누구보다 잘 길러줄 자신이 있다.

내 아들과 딸은
나보다 더 멋진 가정을 이루었으면 좋겠다.
무엇보다 자식들에게 사랑받는
아빠, 엄마가 되길 바란다.

#027

인연

2015. 11. 23.~2015. 11. 25. 싱가포르

내 외모는 절대 깔끔한 스타일이 아니지만, 아들은 지금껏 만난 모든 사람 중에 아버지만큼 청결한 사람을 본 적이 없단다. 아버지의 청결함은 거의 병적이란다.

나는 선천적으로 불결한 것을 싫어한다. 사실 세계일주를 떠나기 전 가장 우려했던 점도 이런 내 성격이다. 나는 아들과 여행하며 단 하루도 샤워를 하지 않고 그냥 잠든 적이 없고 양말이나 속옷 또한 하루도 거르지 않고 세탁을 했다. 우리 집에서는 방바닥에 머리카락 하나라도 보이면 그냥 지나치지 않는다. 물건이 있어야 할 곳에 있지 않으면 반드시 제자리에 놓아야 하고 마누라가 청소를 했어도 내가 다시 해야 직성이 풀린다. 틈만 나면 집 안팎을 청소하는 나를 보고 마누라는 들어온 복도 다 나가겠다고 푸념할 정도다. 아들, 딸이 갓난아기일 때 목욕은 모두 내가 시켜야만 안심이 됐다. 이런 내 성격이 나도 싫다. 고치려 노력해도 잘 안 된다. 안 되는 것을 억지로 하려면 병이

난다. 그래서 그냥 이대로 살기로 했다.

거리에 종이 한 장 보이지 않는 나라. 자국민은 물론 외국 관광객한테도 거리에 침이나 껌을 뱉으면 무거운 범칙금을 부과하는 나라. 범죄자에게 곤장을 때리는 태형제도가 있는 나라. 깔끔한 이 도시가 무척 맘에 든다. 나에게 딱 맞는 나라다.

24년 전, 신혼생활을 전셋집에서 시작했다가 회사에서 공급하는 20평 아파트를 분양받아 처음으로 내 집을 마련하게 되었다. 그때 아들보다 두 살 어린 꼬마가 바로 옆집에 살고 있었는데 그 아이가 지금 싱가포르에 교환 학생으로 와서 공부하고 있단다. 지금은 건장한 청년이 된 그 아이를 만나 옛이야기를 나누며 함께 즐거운 식사 시간을 가졌다. 살면서 맺게 되는 인연은 모두 다 소중한데, 여행 중 우연히 만났던 사람들도 좋은 인연이었다면 다시 볼 수 있을 것이다. 옷깃만 스쳐도 인연이라는데, 부모 자식만한 인연이 또 있을까?

생각해보면 나는 많이 부족한 삶을 살았다.

내 아들은 늘 감사한 마음으로

남에게 베풀며 행복한 삶을 살기를.

긍정적으로 살며 좋은 인연 많이 만들어가기를.

#028

침묵의 식사

2015. 11. 23.~2015. 11. 25. 말레이시아

1970년대에는 한국의 박스 컵, 태국의 킹스 컵, 말레이시아의 메르데카 컵 등 아시아 축구 경기가 꽤 인기 있었다. 그 당시 우리 집은 트랜지스터라디오가 유일한 방송 매체였다. 지금 TV로 보면 별거 아닌 슛 장면도 그때 아나운서들은 오줌 지릴 정도로 정말 흥미진진하게 중계방송을 했다. 당시 한국 축구의 핵심 공격수였던 '이회택' 선수가 생각난다.

시티 투어 버스를 타고 쿠알라룸푸르의 상징, 쌍둥이 빌딩에 도착했다. 쌍둥이 빌딩 중 하나는 한국 건설회사에서, 나머지 하나는 일본 건설회사에서 지었는데 늦게 짓기 시작한 한국 회사가 먼저 완공했단다. 한국인의 근면 성실함은 세계 어디를 가도 빛을 발한다.

몹시 후덥지근한 날씨에 목이 말랐는데 야시장에서 소주를 만나니 어찌나 반가운지 소맥 한잔을 말아 단숨에 들이켰다. 아들과 함께 마시는 술은 더없이 맛있다. 해산물과 볶음밥을 추가

말레이시아 쿠알라룸푸르 '중앙시장'

로 시켜서 먹는데 너무 즐겁다. 이번에 여행을 하게 되면서 아들과 매일 함께 식사를 하는 것이 익숙해졌지, 이전까지만 해도 집에서 아이들과 같이 제대로 밥을 먹어본 적이 거의 없다. 내가 출근하기 위해 이른 아침을 먹을 때 아이들은 아직 잘 시간이고, 점심은 회사에서 먹어야 하고, 저녁은 잦은 회식으로 인해 온 가족이 함께 먹을 기회가 별로 없었던 것이다. 대한민국에서 직장생활을 하는 가장들은 모두 나와 비슷하지 않나 싶다. 어쩌다 한 번 집에서 아이들과 식사를 할라치면 조용한 침묵 속에 누가 먼저 빨리 먹나 시합이라도 하듯이 후다닥 먹고는 각자 자기 방으로 사라진다. 정말이지 가족과 함께하는 식사 시간이 그래서는 안 되었는데 후회스럽다. 이번 여행 기간 아들과 함께 식사하면서 그런 습관을 조금씩 고쳐나가고 있다. 앞으로 가족과 함께 식사할 때에는 자연스럽게 대화도 많이 하고 즐겁고 편안한 시간이 될 수 있도록 나부터 먼저 노력해야겠다. 이처럼 여행은 나에게 많은 반성의 시간을 마련해준다.

최근 약간의 당뇨 증세가 생겨서 나는 평소의 식습관을 많이 바꿔야 했다. 세계여행을 하며 가장 많이 걱정했던 부분도 사실 음식이었다. 내가 즐겨 먹는 음식들은 모두 당뇨에 좋지 않단다. 문득, 인생에 먹는 낙이 없다면 어떤 즐거움이 있나 하는 생각이 든다. 그래, 이번 여행에선 아무 걱정 없이 먹고 싶은 것 실컷 먹도록 하자.

아들과 여행을 하는 동안이라도

전 세계의 다양하고 맛있는 음식들을 후회 없이 맛보고 싶다.

#029

천당을 간다

2015. 11. 26.~2015. 11. 29. 미얀마

미얀마 양곤은 온통 노란색 황금 불교 사원이다. 여기저기 사방 팔방 온통 황금 불탑만 보인다. 그리 잘 사는 나라인 것 같진 않은데 이 많은 황금은 다 어디서 나오는 건지 모르겠다.

쉐다곤 파고다, 짜욱탓지 파고다와 같은 불교 사원에 많은 신도들이 정성스럽게 불공을 드리러 온다. 이곳 불교 사원에 입장할 때는 누구나 신발과 양말을 벗고 맨발로 입장한다. 미얀마는 국민의 90퍼센트가 불교를 믿는다. 보름이면 어김없이 절에 가는 마누라가 생각난다.

나는 특별한 종교는 없지만, 어렸을 적 고향 산골 마을에 있었던 교회가 생각난다. 60년대 후반 초등학교 다닐 때 매년 크리스마스가 되면 그 교회에 나갔다. 크리스마스 날 교회에 가면 연필 한 자루를 준다는 소리를 들었던 것이다. 그때는 연필 한 자루도 사기 힘든 정말 가난한 시절이었다. 교회에서 예배가 끝나고 나면 검은 천으로 된 자루 하나를 돌렸는데 나는 그것을

왜 돌리는지 몰랐다. 나중에서야 그 검은 자루가 헌금주머니란 걸 알았다. 가난한 우리 집 사정으로 헌금할 능력이 없었던 나는 미안한 마음에 그 뒤부터는 교회에 가지 않았다. 문득 옛 기억에 미소가 지어진다. 그깟 연필 한 자루가 뭐였다고.

인간에게 종교란 무엇인가? 기독교가 사랑을 추구한다면 불교는 자비를 추구한다. 사랑과 자비는 단어만 다를 뿐 궁극적으로 같은 의미일 것이다. 종교를 믿든 안 믿든 사랑과 자비를 실천하다가 죽으면 천당 혹은 천국 어느 한 군데쯤 가는 것 아닐까? 지금까지 남의 눈에 피눈물 흘리게 한 적 없이 비교적 착하게 살아왔다고 자부한다. 고아원을 만들어 봉사하며 살고 싶은 것이 꿈이라 할 만큼 아들도 마음이 착하다. 아마도 우리 부자는 좋은 곳으로 갈 것 같다!

아들아, 세상에서 가장 믿을 만한 종교는 따뜻한 마음이다.

어떤 종교를 믿든지

지금처럼 바르고 착한 마음을 가지고 살아가거라.

미얀마 양곤 '쉐다곤 파고다'

#030

위험에 떨다

2015. 11. 29.~2015. 11. 31. 방글라데시

미얀마 양곤에서 방글라데시 다카로 들어오기 전 와이파이를 연결하여 여행 관련 정보를 검색하는데 별로 좋은 뉴스가 없다. 방글라데시 수도 다카는 교통지옥에 비만 오면 배수가 안 되어 도시 전체가 물에 잠긴다는 등등의 좋지 않은 정보만 가득하다. 특히 최근 외국인들을 표적으로 한 테러가 자주 발생하고 치안도 아주 좋지 않단다.

늦은 저녁 공항에 도착하여 비자를 발급받는데 두 명의 경찰관이 앉아 있다. 한 명은 입국자 이름과 여권번호를 수작업으로 리스트에 기록하고 나머지 한 명은 기록된 리스트를 보고 전산에 입력한다. 지금까지 여행하며 이런 나라는 없었는데 왠지 불안하다.

바로 그때 외교부에서 보내온 문자는 우리를 더욱 불안하게 만든다. 방글라데시에서 외국인 대상으로 테러 위험이 있으니 어디든 다니지 말라고 한다. 입국 비자를 받는 절차를 끝내고

공항에서 숙소까지 오는데 수도 다카의 도시 밤 분위기가 너무도 을씨년스럽다. 숙소에 도착하니 입구에 무장 경찰까지 서 있다. 정말 죽을 곳을 왔다는 생각에 두렵다. 괜한 나의 욕심 때문에 우리 아들이 다치기라도 한다면, 정말 못할 짓이다. 우리 부자는 2박 3일 동안 숙소에 숨어 있다가 도망치듯 방글라데시를 빠져나왔다.

내 인생의 3막이 이제 막 시작인데
여행하다 무슨 일이라도 생기면……
무엇보다 내 아들이 다쳐서는 안 된다.

#031

안나푸르나 봉

2015. 12. 1.~2015. 12. 6. 네팔

아름다운 히말라야 산맥을 볼 수 있는 네팔 포카라에 왔다. 히말라야 산맥이 있는 곳이라 그런지 곳곳에 전문 산악인들과 산악 용품을 파는 상점들이 많이 보인다. 해가 넘어가기 직전 히말라야 트레킹 거점, 오스트레일리안 캠프에 도착했다. 히말라야 산맥 안나푸르나 봉이 가장 잘 보이는 곳이다. 회사 다닐 때 같은 부서 직원 중 한 명이 안나푸르나 봉 등정에 성공해서 사보에 나왔던 적이 있다. 그런데 내가 지금 그 안나푸르나 봉을 직접 눈앞에 두고 서 있다. 그땐 내가 여기 올 거라 상상도 못했다.

오스트레일리안 캠프까지 올라올 때 고산 지대를 거의 7시간 가까이 걸어서 왔다. 고산 지대 곳곳에는 현대 문명과 거의 동떨어진 생활을 하며 사는 사람들이 많다. 그들은 우리 부자를 보고 먼저 반가운 인사를 건네며 밝은 웃음을 보인다. 모두 행복한 모습이다. 어떻게 사는 게 행복인지 모르겠다. 돈 많은 부

네팔 카트만두 '스와얌부나트 사원'(위)
네팔 포카라(아래)

자면 다 행복하게 사는 걸까? 아니다. 가진 것 별로 없어도 건강한 몸으로 아들과 세계여행을 하는 지금의 내가 더 행복한 것이다. 그 이상을 바라면 행복은 멀어진다.

다음 날 아침 일출을 보기 위해 해가 뜨기 전 잠자리에서 일어난다. 동쪽으로 해가 떠오르고 있고 맞은편으로는 하얀 만년설에 뒤덮인 안나푸르나 봉이 햇빛에 반사되어 빨갛게 보인다. 안나푸르나 봉이 손에 잡힐 듯 바로 코앞에 있다. 큰 소리로 '야호'를 외친다. 이 세상 모두를 품에 안은 듯하다. 아들은 이 멋진 장면을 아버지에게 보이기 위해 여기까지 온 것이다. 정말 오랜만에 눈물이 흐른다. 나도 이제 늙었는지 아들 앞에서 우는 게 창피하지도 않다. 아들이 손을 잡으면서 울지 말고 소원을 빌라고 한다.

하지만 내가 뭘 원하는지, 나의 소원이 무엇이었는지 잘 생각나지 않는다. 가족을 위해 무엇을 해야 할지는 잘 알겠는데 과연 나 자신은 무엇을 바라고 살아왔는지 잘 모르겠다. 나는 오직 남을 위한 삶을 살아왔던 것이다.

내가 진정 원하는 게 무엇인지,

후회 없는 인생 3막을 살아야겠다.

#032

내 스타일은 아니야

2015. 12. 6.~2015. 12. 13. 인도

인도 갠지스 강에 왔다. 물은 흐리다 못해 더럽고 탁하다. 강가에는 힌두교 수행자 사두(Sadhu)들과 염소, 개, 소 등 온갖 동물들이 있다. 골목길 바닥에는 온통 소똥 천지다. 가트 옆 화장터에는 시신이 끊임없이 밀려온다. 그런 강에서 사람들은 옷을 다 벗고 목욕을 한다. 심지어 양치질도 한다. 도무지 내 비위에 맞지 않는 다소 엽기적인 광경에 살짝 속이 거북해진다. 아들은 이곳이 힌두교 성지이며 신과의 만남으로 이어지는 길이라고 한다. 세상에 이렇게 사는 나라도 있다. 인도는 가는 곳마다 내게 큰 충격을 준다.

갠지스 강가에서 요상한 옷을 입고 얼굴에 무늬를 칠한 사두에게 다가갔다. '아무것도 소유하지 말 것'이라는 힌두교 마지막 단계의 교리를 몸소 실천하며 살아가는 사람들이란다. 아들이 수행자에게 돈을 준다. 그렇게 받은 돈으로 먹을 것을 해결한단다. 정말 아무것도 소유하지 않고 살아간다. 아무것도 소유

인도 바라나시(위), 델리(아래)

하지 않는 것, 내겐 불가능한 일이다.

도시 전체가 뿌연 공해로 가득한 인도 델리는 차에서 뿜어내는 매연이 얼마나 무서운지를 보여준다. 가시거리가 100미터도 안 되는 것 같다. 도로는 자동차 경적 소리 경연장을 방불케 한다. 하루 종일 자동차 경적 소리가 도시 전체에 울려 퍼진다. 귀가 어두운 나는 릭샤(인도의 3륜 택시)가 길 뒤에서 덮칠지 몰라 조마조마하다.

누군가 인도는 끌리는 마력이 있어서 또 오고 싶다고 하는데 나는 아니다. 어디를 가도 가슴이 답답하다. 인도는 내 스타일이 아니다. 아들은 예전에 인도 델리대학교에서 유학을 했던 적이 있는데 어떻게 이런 환경을 견디며 공부했는지 모르겠다. 나는 인도에서 단 하루도 못 살 것 같다. 인도어과를 전공한 아들이 인도에 직장을 구해 잠시 사는 것도 좋겠다는 생각을 한 적이 있다. 하지만 내가 인도를 직접 본 지금은 아니다.

갑자기 산뜻하고 청결한 싱가포르가 그리워진다. 진정한 여행자가 되려면 나는 아직 멀었다.

삶이 힘들고 어려워지면 인도 여행을 생각해야겠다.
많은 힘이 될 것 같다.

Norwegian Sea
North Sea
SWEDEN
FINLAND
NORWAY
RUSSI
EST.
LAT.
LITH.
BELARUS
GERMANY
POLAND
CZ. REP.
UKRAINE
MOLDOVA
AUS.
HUNG.
ROMANIA
BULGARIA
Black Sea
KAZAKHSTAN
MONGOLIA
TURKEY
ARMENIA
UZBEKISTAN
KYRGYZSTAN
TURKMENISTAN
TAJIKISTAN
CHINA
SYRIA
IRAQ
IRAN
AFGHANISTAN
Mediterranean Sea
JORDAN
NEPAL
BHUTAN
LIBYA
EGYPT
SAUDI
BAHRAIN
BANGLADESH
INDIA
OMAN
BURMA
LAOS
NIGER
SUDAN
CHAD
YEMEN
Arabian Sea
Bay of Bengal
THAILAND
DJIBOUTI
CAMBODIA
NIGERIA
CENTRAL AFRICAN REPUBLIC
SOUTH SUDAN
CAMEROON
GABON
REP. OF THE CONGO
DEM. REP. OF THE CONGO
UGANDA
RWANDA
BURUNDI
ANGOLA
MALAWI
Mozambique Channel
NAMIBIA
BOTSWANA
INDIAN OCEAN
SOUTH

#033

여기가 아프리카다

2015. 12. 13.~2015. 12. 18. 케냐

우리 부자가 세계여행을 떠날 때 아프리카는 본래 계획에 없었다. 그런데 여행 도중 아들이 이왕 내친김에 아프리카도 가보잔다. 우리 여행단의 총대장(?) 말을 거역할 수 있겠나. 그래서 나도 오케이! 이번 기회가 아니면 언제 또 가보겠는가? 기회는 왔을 때 잡아야 한다. 아들 생각이 맞다. 아프리카 첫 여행지는 케냐 나이로비다.

케냐 나이로비 공항에 도착하니 모두 검다. 몇 개월 동안 여행하며 본 사람들 얼굴은 백인들이 많았다. 그런데 갑자기 검은 얼굴들만 보이니 이상하다. 아들도 바짝 긴장하는 모습이다. 아프리카의 흑인들 모습은 TV를 통해 많이 봤지만 직접 이곳에 와서 보니 적응이 잘 안 된다. 내가 인종차별주의자인지 모르겠지만 일단 흑인들은 첫인상이 무섭다. 아들은 흑인을 보디가드로 채용하면 무서워서 아무도 달려들지 못할 것이라며 농담을 한마디 던진다. 나도 같은 생각이 든다. 하지만 여행 중에 만나

는 흑인들은 모두 다정다감하다. 미소도 따스하다. 그들은 우리 부자에게 먼저 다가와 "잠보"라 말하며 인사한다. 사진도 함께 찍자고 한다. 흑인들이 무섭지 않다. 세계여행은 나에게 자신감과 용기도 함께 심어준다.

케냐 마사이마라 국립공원 사파리 투어는 아프리카 푸른 대초원에서 자유롭게 살고 있는 사자, 코끼리, 기린, 얼룩말, 코뿔소, 임팔라, 원숭이, 타조, 독수리, 자칼, 버팔로, 치타 등 야생동물들을 원 없이 보게 해준다. 아들도 나만큼이나 무척 신이 난 듯하다. 마치 〈동물의 왕국〉 같은 TV 프로그램 속으로 들어온 듯하다. 어느덧 아프리카 푸른 초원에 어둠이 깔리기 시작한다. 야생동물들도 각자의 보금자리로 돌아갈 시간이다.

마사이마라 부족 마을 입구에 도착하니 빨간 망토를 몸에 걸친 남자들이 펄쩍펄쩍 뛰어오르며 외부 손님을 환영한다. 그 무리 속에 들어가 함께 펄쩍펄쩍 뛴다. 부족 마을에 들어서자 소똥 냄새가 코를 찌른다. 그 옛날 내 고향 집 바로 옆 돼지우리 냄새는 이곳에 비하면 향긋한 향수 냄새에 가깝다.

소똥과 풀을 섞어 만들었다는 부족장 집에 들어가본다. 집 안에 조명이라곤 벽에 뚫린 작은 구멍으로 들어오는 자연의 빛이 전부다. 작은 꼬마 아이가 눕기에도 비좁아 보이는 침실은 부모님이 자는 곳이란다. 여기 부족 사람들의 주된 음식은 소 피와 우유란다. 소 피를 아무렇지 않게 삼켜버리는 그들을 보며 21세기 문명 시대에 아직도 이렇게 살아가는 사람들이 있다는 것이 신기할 따름이다.

낯설기만 했던 아프리카 검은 사람들이 점차 친숙하게 느껴진다.

피부색은 달라도 다 똑같은 사람이다.

사람은 환경을 지배하는 능력이 있다.

케냐 마사이마라 부족 마을에서

#034

크리스마스가 없다

2015. 12. 18.~2015. 12. 27. 탄자니아

버스를 타고 케냐 국경을 넘어 탄자니아 모시에 도착한다. 모시는 킬리만자로 산으로 통하는 관문 도시다. 멀리 킬리만자로 산 정상에 구름처럼 보이다 눈처럼 보이기도 하는 하얀 만년설이 덮여 있다. 킬리만자로에 바람처럼 왔다가 이슬처럼 사라질 수는 없다. 흔적이라도 남겨야 한다. 조용필의 '킬리만자로의 표범'을 부르며 산에 오른다. 산 정상까지 등반은 4박 5일 걸린단다. 우리는 하루 만에 다녀올 수 있는 만다라 산장까지만 간다. 그런데 하산하는 도중 갑자기 장대비가 내린다. 이런 폭우를 예상하지 못한 우리는 빠른 걸음으로 산자락을 내려가보지만 이미 미끄러워진 산길 위에서 몇 번이나 엉덩방아를 찧어댄다. 아, 이러다 꼬리뼈가 닳아 없어지는 건 아닌지 모르겠다.

최악의 산행을 끝내고 모시에서 탄자니아 옛 수도 다

탄자니아 잔지바르

르에스살람까지 장거리 버스로 이동한다. 전립선이 좋지 않은 나는 소변을 자주 보는 편인데 이 버스는 9시간 동안 단 한 번만 휴게소에 정차한다. 소변 참느라 죽는 줄 알았다. 여행하면서 다양한 이동 수단을 이용해보았지만 장거리 버스는 내게 정말 힘들다.

탄자니아 수도 다르에스살람을 거쳐 동아프리카의 작은 섬 잔지바르에 왔다. 잔지바르는 백인들이 흑인 노예를 잡아와 파는 노예무역이 이루어졌던 슬픈 역사를 지닌 공간이다. 흑인 노예들을 쇠사슬로 묶어 감금했던 지하실에 들어가보니 아우슈비츠 수용소가 생각난다.

생각해보니 나야말로 아들을 키우며 내 자식이라고 함부로 대한 적이 많았던 것 같다. 아들이 유치원 다닐 때 알약으로 된 감기약을 삼키지 못하는 것을 보고 나도 모르게 아들 뺨을 때린 적이 있다. 아들이 그때를 기억하고 가끔 내게 이야기할 때면 얼굴이 화끈거린다. 나는 아들에게 내 기준에 맞출 것을 강요했었다. 절대 그러면 안 되는 것인데…… 인간은 누구나 하나의 인격체로 존중받아야 한다. 아들에게 잘해준 것보다는 못해준 기억이 많아 마음이 아프다.

2015년 12월 24일, 크리스마스이브를 탄자니아에서 맞는다. 크리스마스 시즌은 모름지기 사람들로 북적이고 캐럴이 울려 퍼지고 크리스마스트리가 번쩍번쩍해야 한다. 나는 전 세계가

다 그런 분위기인 줄 알았다. 그런데 아니다. 탄자니아의 모시, 다르에스살람, 잔지바르 그 어느 곳에도 크리스마스는 없다. 우리 부자는 크리스마스가 없는 곳에서 크리스마스를 맞는다.

한때 나는 매년 연말이 되면 크리스마스트리를 사서 아파트 거실에 장식해놓았었다. 연말연시 분위기를 느끼기 위한 이유도 있었지만 가족들과 함께 한 해를 보내고 새로운 해를 맞이하는 나만의 의식이기도 했다. 그런데 언제부터인가 크리스마스트리를 사지 않게 되었다. 2016년부터는 다시 크리스마스트리를 장식해야겠다. 크리스마스의 분위기를 즐길 수 없는 이곳에 와보니 더욱 그런 생각이 든다. 즐겁고 행복한 분위기 속에 살아야 늙지 않는다. 환갑에 가까워진 나이가 되면서 크리스마스를 맞는 감흥이 점차 줄어감을 느낀다.

세월은 많은 것을 삼킨다.

올해의 특별한 기억들은 소중히 간직해야겠다.

#035

3박 4일 타자라 열차

2015. 12. 27.~2015. 12. 29. 잠비아

탄자니아 국경을 넘어 잠비아로 가는 타자라 열차는 시간을 초월한 듯 너무도 느리게 검은 연기를 뿜어내며 뜨거운 아프리카 초원을 달리고 달린다. 가끔 울리는 기적 소리는 정겹다. 어릴 적 어머니와 함께 고향 제천에서 부산 사는 형님 집에 가기 위해 중앙선 비둘기호 완행열차를 탔던 기억이 살며시 떠오른다.

타자라 열차가 역에 정차할 때마다 흑인 꼬마들이 달려와 먹을 것을 달라며 손을 내민다. 흑인 꼬마들은 신발도 신지 않고 모두 맨발이다. 입고 있는 옷은 헤질 대로 헤졌다. 우리 부자가 먹기 위해 남겨둔 과자를 흑인 꼬마 아이 손에 건네준다. 기찻길 옆 시골 마을을 지날 때는 흙으로 지은 초가집 앞에서 어른, 아이 할 것 없이 모두가 기차를 향해 손을 흔든다. 우리도 같이 손을 흔든다.

아프리카 초가집을 보니 어릴 적 살았던 초가집에서 일어난 사건이 생각난다. 내가 초등학교 다닐 때 우리 시골 마을 집의

잠비아행 '타자라 열차'

대다수는 황토에 볏짚을 잘라 이겨서 만든 초가집이었다. 물론 우리 집도 초가집이었다. 그런데 1974년 8월 15일 오후, 바로 옆집에서 난 불이 우리 집으로 옮겨 붙어 초가지붕이 모두 불에 탔다. 볏짚으로 만든 지붕이라 순식간에 전부 타버렸다. 다행스럽게 낮잠을 주무시던 아버지는 무사히 구출됐다. 불이 난 후에 우리 초가집은 기와집으로 바뀌었다. 고향 마을 초가집이 모두 기와집으로 바뀐 것은 1970년대 전국에 새마을운동이 펼쳐지면서부터다. 그 시절 시골에서 자란 베이비붐 세대들은 모두 기억하리라. 아침 6시가 되면 새마을운동 노래가 마을 전체에 울려 퍼졌던 것을. 아프리카 시골 마을의 생활환경이 하루빨리 개

선되기를 달리는 타자라 열차 안에서 기원해본다.

열차를 타고 가며 바라보는 아프리카 하늘의 뭉게구름은 하얀 솜털처럼 예쁘다. 어두운 밤하늘 아래 초원을 밝게 비추는 보름달이 구름 속에 사라졌다 나타나기를 반복한다. 분위기가 환상적이다. 기차 여행의 낭만을 즐기기에 안성맞춤이다. 아들도 차창 밖을 보며 많은 생각을 하는 듯하다. 미리 준비한 위스키를 아들과 함께 마신다. 세상 어디에도 이런 술맛은 없으리라. 술맛은 분위기에 따라 달라지나 보다.

타자라 열차가 연착되고, 고장으로 멈춰도 안내 방송은 일절 없다. 열차 안 세면실에는 물 한 방울 안 나온다. 천장에 설치된 선풍기는 고장 난 지 이미 오래다. 에어컨이 나오길 바라는 것은 사치다. 조금씩 지쳐간다. 2박 3일 여정으로 도착 예정이었던 기차는 3박 4일로 넘어간다. 그리고 드디어 목적지에 도착. 예정보다 16시간 연착이다. 도착한 역은 잠비아 카피리 음포시 역이다.

내 평생 이렇게 오래 기차를 타본 적이 있던가?
잊지 못할 추억을 선사한 타자라 열차.
하지만 물도, 전기도, 제대로 된 음식도 없이
3박 4일간의 기차 여행은 다시 못할 것 같다.

#036

듣고 싶은 말

2015. 12. 29.~2015. 12. 30. 짐바브웨

아프리카 남부 잠비아와 짐바브웨의 국경을 가르며 인도양으로 흘러가는 빅토리아 폭포. 우리 부자는 잠비아 쪽에서 빅토리아 폭포를 감상한 다음 짐바브웨 빅토리아 폭포로 왔다. 빅토리아 폭포는 캐나다의 나이아가라, 브라질의 이구아수와 함께 세계 3대 폭포 중의 하나다. 여기도 어김없이 무지개는 피어 있다. 사실 브라질 이구아수 폭포를 본 이후에는 웬만한 폭포를 봐도 별로 놀라지 않는다.

빅토리아 폭포를 구경한 뒤 빅폴타운에 있는 숙소에서 온종일 혼자 누워 있는 중이다. 아들은 빅토리아 폭포에서 래프팅을 하기 위해 아침 일찍 나갔다. 귀에 물이 들어가면 안 되는 나는 숙소에 머물러 있기로 한다. 에어컨이 없어 무척 덥다. 전기 사정이 좋지 않은지 전기도 자주 나간다. 한국은 지금 영하의 날씨인데 이곳은 영상 40도가 넘는 무더운 날씨다.

래프팅을 하기 위해 아침 일찍 나갔던 아들이 돌아오더니 고

개를 절레절레 흔든다. 어찌나 물살이 센지 도중에 배가 서너 번 뒤집혀 물도 많이 먹고 아프리카에서 죽는 줄 알았다며 한국에서 하는 래프팅은 댈 것도 아니란다. 아버지는 래프팅 안 하길 정말 잘했단다.

나는 2004년 중이염 수술을 받은 뒤 청력이 계속 감퇴했다. 작업 현장의 용접 소리와 각종 기계음에 귀가 더 안 좋아진 것 같다. 요즘엔 가까이서 말하는 목소리도 잘 들리지 않아 상대가 한 말을 자꾸 다시 묻게 되는데 그것이 큰 스트레스로 다가온다. 맥주를 마시던 아들이 갑자기 묻는다. "아버지, 아버지는 제일 듣고 싶은 말이 뭐예요?" 내가 듣고 싶은 말? 잘 모르겠는데…….

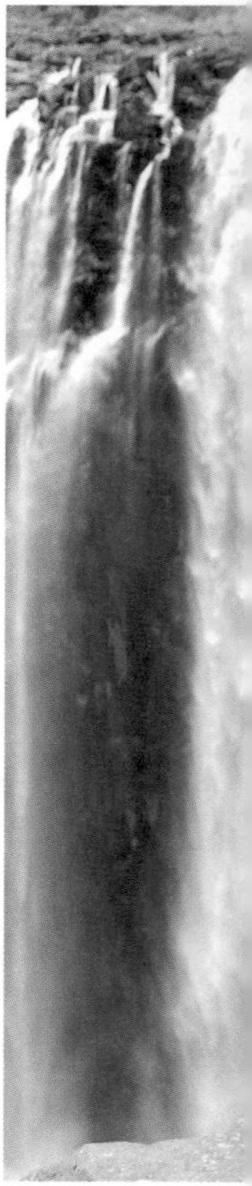

나는 그저 나 자신에게 말해주고 싶다.

준일아, 그동안 수고 많았다,

앞으론 지금보다 좀 더 행복하게 살아라.

짐바브웨 '빅토리아 폭포'

#037

송년회

2015. 12. 30.~2016. 1. 2. 보츠와나

다음 여행지인 보츠와나로 가는 버스에 타고 있다. 차가 거의 다니지 않는 왕복 2차선 도로를 몇 시간째 달리고 있다. 도로에 코끼리 같은 야생동물이 수시로 출현하여 운전기사가 차를 멈추고 동물들이 다 지나갈 때까지 기다리길 반복한다. 도로 옆 숲속에서는 얼룩말, 원숭이, 기린, 양 떼, 소 떼, 말 떼들이 연이어 나타난다. 동물원이 따로 없다. 과연 아프리카답다. 앞으로 동물원은 시시해서 못 갈 것 같다.

2015년 12월 31일이다. 가는 해를 보내고 새해를 맞이하는 그런 들뜬 분위기가 여기는 전혀 없다. 아프리카는 크리스마스가 없듯이 송년회도 없다.

한 해 동안 있었던 즐거운 일은 항상 기억하고 안 좋았던 일은 모두 떠나보내는 마음에서 모이는 송년회. 울산에서 직장 다닐 땐 12월이 되면 연이은 송년회로 한 달을 다 보내곤 했다. 각종 단체 모임과 회사 내 조직 속에서 매일 계속되는 술자리는

보츠와나 '오카방고 델타'

가끔 '송년회'의 본래 의미를 잊어버리게 만든다. 그런 송년회가 아프리카에는 없다.

2015년 송년회는 아프리카 보츠와나에서 아들과 단둘이 가진다. 아프리카에서 아들과 단둘이 송년회를 하는 아버지는 대한민국에 내가 유일하지 싶다. 아들이 아버지에게 서운했던 감정이 있다면 이번 송년회를 통해 모두 털어버리고 좋은 일만 기억하길 바랄 뿐이다. 아들과 포옹을 한다. 이제 꽤 자연스러워졌다.

단언컨대, 2015년은 내 인생 최고의 해다.

아들, 새해 복 많이 받고

가슴에 품은 모든 일이 잘 이루어지길 바란다!

#038

A형 텐트

2016. 1. 2.~2016. 1. 6. 나미비아

보츠와나에서 나미비아로 이어진 아프리카 국도 위. 우리 부자는 경쾌하게 달리는 승합차 안에 있다. 차가 거의 다니지 않는 국도를 달리고 있는데 승합차가 갑자기 멈추어 선다. 경찰들이 도로 옆 숲속 사이에 카메라를 설치해 속도위반 차량을 단속하고 있었는데 우리가 탄 차가 걸린 것이다. 아프리카 푸른 초원의 한적한 직선 도로를 내가 운전하고 달렸더라도 이런 단속에는 속수무책 걸렸을 것 같다. 몰래 숨어서 하는 비신사적인 단속 행위는 없었으면 좋겠다. 보츠와나에서 아침 8시 출발한 승합차는 밤 10시가 되어서야 나미비아 수도 빈투후크에 있는 숙소에 도착한다.

다음 날 우리 부자는 모래사막을 보러 가기 위해 다시 승합차에 오른다. 승합차는 먼지 나는 비포장도로를 몇 시간째 달리고 있다. 승합차 문틈 사이로 계속해서 들어오는 먼지 때문에 숨을 제대로 못 쉬고 있다. 한낮의 온도가 40도를 훌쩍 넘고 있다.

나미비아 '듄45'

드디어 목적지 나미비아 나루클루프 국립공원 모래사막에 도착했다. 제일 먼저 오늘 저녁 우리의 잠자리가 될 A형 텐트를 설치한다. 그리고 일몰을 보기 위해 해가 지기 전 작은 모래사막 언덕에 오른다. 바람에 날린 모래가 땀으로 젖은 얼굴에 달라붙는다. 서쪽 멀리 모래사막 언덕 아래로 해가 지기 시작한다. 아들과 함께 손을 들어 하이파이브를 한다. 감동적이다.

A형 텐트 앞에 아들과 말없이 마주 앉아 밤하늘의 별을 본다. 어릴 적 본 고향 밤하늘에 떠 있는 은하수만큼이나 많은 별이 반짝인다. 별똥별 하나가 떨어져 사라진다. 돌아가신 어머니 생각이 난다. 직장생활을 하던 때 술 한잔하고 집에 들어와선 갑자기 어머니 생각이 나 울컥했던 적이 여러 번이다. 장인어른도 병상에 누워 끝없이 눈물을 흘리며 목 놓아 "엄마"를 부르다가 돌아가셨다. 부모가 평생 자식을 가슴에 안듯이 자식도 부모를 평생 가슴에 담는다. 내 아들도 그러하리라. 내가 지금 그런 것처럼.

나미비아
'스와코프문트 스카이다이빙'

모래사막에 설치한 A형 텐트 안에서 아들과 나란히 누워 잠을 청한다. A형 텐트에서 잠을 자는 것은 군대 시절 후 처음이다. 아들과 둘이 좁은 텐트 속에서 부대끼며 잠을 자는 것도 나쁘지 않다. 수천 마리의 반딧

불이가 수놓인 것처럼 반짝이는 별들로 가득한 아프리카의 밤. 그 밤하늘 밑 모래사막에 설치한 A형 텐트 속에서 나는 거의 뜬눈으로 밤을 새운다. 여행만으로도 가슴에 담을 추억이 많은데, 아들과 함께하는 여행이기에 그 추억은 더욱 소중하고 뜻깊다.

나미비아 '듄45'

내 인생이 이렇게 즐거웠던 적이 있던가?

매일매일이 흥분의 연속이다.

#039

희망봉

2016. 1. 6.~2016. 1. 9. 남아프리카공화국

세계에서 가장 아름다운 해안선을 소유한 곳이 남아프리카공화국 케이프타운이다. 케이프타운은 마치 유럽에 온 것 같은 착각이 들게 한다. 여기는 흑인보다 백인이 더 많이 보인다. 그런데 상점들도 그렇고 일반 가정집도 집집마다 대문을 모두 쇠 철문으로 만들어 자물쇠를 이중삼중 설치해놓은 걸 보니 치안상태는 안 좋은 듯하다. 밤에는 절대 나다니지 말아야 할 것 같다.

호우트 베이에서 배를 타고 물개섬으로 가서 물개도 보고 보울더스 해변 모래사장에 가서 아프리카 펭귄도 본다. 펭귄은 추운 남극에만 사는 줄 알았는데 뜨거운 아프리카에도 산다.

아름다운 해안도로를 따라서 희망봉에 도착한다. 해안선이 정말 그림 같다. 바닷가 돌멩이 밭에 'Cape of good hope(희망봉)'라는 영문 표지판이 서 있는 이곳이 인도양과 대서양이 만나는 곳이다. 아들이 희망봉 표지판 앞에서 갑자기 '만세'를 외친다. 나도 모르게 내 입에서도 '만세' 소리가 나온다. 그렇다.

남아프리카공화국 '희망봉'

대한민국 만세, 내 아들 만세다. 아들도 아프리카 최남단에서 희망봉을 보니 감회가 깊은 모양이다.

초등학교 다닐 때 나의 희망은 대통령이었다. 그 당시 선생님이 장래 희망을 물으면 우리 반 친구들 거의 대다수가 대통령이라 답했다. 요즘 아이들은 그렇지 않지만 그땐 정말 그랬다. 지금 내 희망은 자연 속에서 건강하게 사는 것이고, 자식들 잘되는 모습 보는 거다. 살다 보면 희망은 수시로 바뀐다.

희망과 목표를 가지고 사는 것과 그렇지 않은 것의 차이는 정말 크다. 희망이 없는 삶은 곧 죽은 삶이고 희망이 있는 삶은 살아 있는 삶이다. 살면서 희망이 바뀔 순 있을지언정 그것을 포기하거나 버리진 말자. 가슴속에 언제나 희망을 품고 살아야 한다. 아들을 키우며 내가 희망을 만들어주는 아버지였는지는 모르겠다. 아들은 내게 지금까지와는 다른 삶에 대한 희망을 품도록 해주었고 나는 아들과 함께 여행하며 그 희망을 이루고 있다. 나에게 세계여행은 멀기만 한 꿈이었으나 이제 꿈은 이루어졌다.

인도양과 대서양이 만나는 바다를 보기 위해 전망대에 올라왔다. 바닷길을 비춰주는 등대가 있고, 인도양과 대서양이 만나는 곳에 희망봉도 보인다.

아들아! 저 바다처럼 푸른 희망을 가지고 살아라.

아버지는 언제나 아들의 등대가 되고 싶다.

남아프리카공화국 '물개 섬'

#040

사랑한다, 아들아!

2016. 1. 10.~2016. 1. 12. 홍콩

드디어 마지막 여행지 홍콩이다. 아들과 함께 세계여행을 했다는 사실이 도무지 믿기지 않는다. 상상만 하던 세계여행을 무사히 마치고 벌써 여행의 마무리를 할 때가 된 것이다. 다니던 회사를 무작정 그만두고 떠난 세계여행이지만 전혀 후회는 하지 않는다. 내 인생에 가장 잘한 결정이다.

그동안 아들과 함께했던 많은 시간들이 주마등처럼 스쳐간다. 긴 여행 중에 아들과의 갈등으로 빚어진 무거운 침묵의 시간도 있었다. 28살 된 아들과 200일 동안 단 한 시간도 떨어져 있지 않고 생활하는데 어찌 아무런 갈등 없이 좋은 시간만 가질 수 있었겠는가? 하지만 불안했던 그런 시간이 오히려 서로를 좀 더 돌아보게 하는 소중한 기회가 되었다. 부자지간에 좋은 경험이고 더없이 좋은 공부였다. 나보다 아들이 더 힘들고 어려웠을 것이다. 고참보다는 신참이 더 어려운 법이다.

아들이 군대 제대하기 한 달 전 마지막 휴가를 나오며 강원도

홍콩 섬을 배경으로

화천에서 산삼 15뿌리를 가지고 왔다. 여행 시작하기 일주일 전부터 하루에 3개씩 먹으란다. 이런 아들이 내 아들이다. 산삼을 먹은 덕인지 여행하는 동안 이탈리아에서 더위를 심하게 한 번 먹은 것 빼고는 건강 문제로 고생한 적이 없다.

홍콩의 밤거리를 걷는다. 쇼핑도 하고 마누라와 딸에게 줄 선물도 산다. 마치 세상을 다 가진 듯 더없이 마음이 가볍다.

어느 여행 전문가가 말한 "가슴 떨릴 때 떠나라"는 한마디에 세계여행을 결심했다. 좀 더 나이 들어 다리 떨리면 진짜 가고 싶어도 아무 데도 못 간다. 내게 주어진 인생은 두 번이 아니고 한 번이다. 딱 한 번뿐인 인생에 꼭 하고 싶었던 세계여행을 아들 덕분에 무사히 마친다. 시작이 있으면 끝이 있고 끝이 있으면 새로운 시작이 있는 법, 결국 끝은 시작을 의미한다. 이제 다시 인생 3막 시작이다.

나는 지금까지 내 바람대로가 아닌 다른 사람이 바라는 대로 살았다. 마음에 담고 있는 하고 싶은 말도 항상 참으며 살았다. 내 기분보다는 남의 기분에 맞추어 살았고, 내 생각보다는 남의 생각을 따르며 살았다. 스스로 개척하기보다는 남이 만들어놓은 길을 따라가기만 했다. 지금까지 나는 가짜 인생을 살았다. 이제 나의 인생 3막은 나만의 진짜 인생이 되어야 한다. 아들과 함께한 세계여행은 그런 내 인생의 시작이고, 앞으로 펼쳐질 새로운 삶을 지탱해줄 든든한 자산이 될 것이다.

200일 40개국을 나와 함께해준 아들에게

한없는 고마움을 전한다.

사랑한다, 아들아!

대략난감, '꼰대' 아버지와 지구 한 바퀴

초판 1쇄 발행 · 2017년 1월 13일

지은이 · 정재인, 정준일
펴낸이 · 김요안
편집 · 강희진
디자인 · 주수현

펴낸곳 · 북레시피
주소 · 서울시 마포구 신수로 59-1, 2층
전화 · 02-716-1228
팩스 · 02-6442-9684
이메일 · bookrecipe2015@naver.com | esop98@hanmail.net
홈페이지 · www.bookrecipe.co.kr
등록 · 2015년 4월 24일(제2015-000141호)
창립 · 2015년 9월 9일

ISBN 979-11-956154-6-9 03810

이 도서의 국립중앙도서관 출판예정도서목록(CIP)은 서지정보유통지원시스템 홈페이지(http://seoji.nl.go.kr)와 국가자료공동목록시스템(http://www.nl.go.kr/kolisnet)에서 이용하실 수 있습니다. (CIP제어번호: CIP2016031916)

England, London

Poland, Auschwitz

Australia, Sydney

India, Agra

Kenya, Masai Mara

그리스, 산토리니
Greece, Santorini

덴마크, 코펜하겐
Denmark, Copenhagen

칠레, 이스터섬
Chile, Easter Island

New Zealand, Tongariro National Park

South Africa, Cape of Good hope